I tascabili

83

Il nostro indirizzo internet è:
http://www.frillieditori.com
info@frillieditori.com

EDITING
RAOUL GAZZA
ESTER FERETTO

PROGETTO GRAFICO
CLAUDIA CORNAGLIA

LAYOUT COPERTINA
SARA CHIARA

IMPAGINAZIONE
MARINA RAVAZZA

2ª edizione settembre 2005

copyright © 2005 Fratelli Frilli Editori
Via Priaruggia 31/1, Genova – Tel. 010.3074224 - 010.3772846

ISBN 88-7563-119-0

Roberto Negro

Il tesoro di Perinaldo

Un'indagine del commissario Scichilone

FRATELLI FRILLI EDITORI

Ad Amalia e Irmi

Nota

Ogni fatto narrato in questo romanzo è frutto di fantasia, per cui qualsiasi riferimento a personaggi e luoghi realmente esistenti o esistiti è da considerarsi puramente casuale.

1

Liguria occidentale – 400 a.C.

Belloveso osservava i suoi guerrieri affranti nel morale e nel fisico per i continui attacchi dei Liguri.

Sino ad allora non aveva mai trovato una simile resistenza alle sue conquiste.

Gli avversari erano scaltri, non attaccavano mai a vuoto ed i loro agguati risultavano devastanti.

Apparivano all'improvviso, emergevano dal terreno, piovevano dal cielo.

Credeva fossero spiriti del male e a nulla era servito il tempio innalzato a Nerz, né i sacrifici a lui donati.

La vittoria pareva sfumata ed ora meditava sul futuro.

Dal poggio su cui si trovava, spaziava con lo sguardo.

Alle spalle l'erta di un monte la cui cima pareva un cuneo che fendeva la volta celeste. Da lì si scatenava l'ira di Oiw che nei giorni di pioggia lanciava dardi infuocati per punire la presunzione degli uomini.

Mano a mano che degradava, gli spigoli vivi della roccia lasciavano spazio a pascoli e poi a fitte foreste che riempivano valli strette e umide, collegate direttamente al mare.

Invocava un segno a Skiant, energia della conoscenza e della saggezza, socchiudendo gli occhi e inspirando l'aria frizzante dell'alba.

Sentiva il vento giocare con i suoi fluenti capelli rossi, accarezzargli la barba e le cicatrici di molte battaglie.

D'improvviso un suono acuto lo aveva sorpreso.

A pochi metri dalla sua testa un'aquila dalle ali possenti volteggiava in tondo lanciando il suo richiamo.

Belloveso era affascinato dalla bellezza del rapace.

L'aquila si era librata immobile nell'aria con gli occhi gialli fissi in quelli del capo dei Biturigi, poi aveva dato un colpo d'ali lanciando un richiamo ancora più acuto e si era diretta verso est.

Era il segnale che Belloveso aspettava.

"Presto, tutti in piedi, altre terre da conquistare ci aspettano oltre le montagne. Costeggeremo il mare sino a trovare un luogo più ospitale di questo.

Skiant ci darà la forza per affrontare il viaggio, Nerz la saggezza per scegliere quello ideale per la nostra gente e Karantez l'amore e la prosperità per farvi crescere i nostri figli".

Nessuno dei suoi uomini aveva obiettato.

In fondo, in quel luogo avevano raccolto solo sconfitte.

Belloveso aveva deciso di distruggere il tempio edificato in onore di Nerz facendo sotterrare tutti i manufatti votivi, compreso il suo trono finemente impreziosito di smalti policromi.

Sfruttando un anfratto naturale del colle su cui si trovava il tempio, vi collocò lo scranno e tutti i suoi gioielli. L'entrata fu ostruita con delle pietre.

Belloveso riteneva che tali oggetti non avevano propiziato la propria vittoria sui Liguri e quindi era meglio liberarsene. Nello stesso tempo non voleva lasciarli nella disponibilità di quelli che lui definiva spiriti malvagi.

Poche ore dopo, spenti i fuochi, i Biturigi si mossero verso oriente, lasciandosi dietro i loro escrementi ed un tesoro sepolto.

2

L'anno del Signore 1794, il giorno venti di marzo.
L'ora è vicina.
Tra non molto la mia anima sarà al cospetto del Salvatore.
Rendo grazie al Signore per avermi concesso la possibilità di vivere tutti questi anni durante i quali ho onorato e glorificato il suo nome. Mentre il giorno volge al desio, mi appresto a lasciare queste mura.
Sono tempi difficili per tutti noi, ora che colui che si definisce l'Imperatore è alle porte della città.
Quello che si doveva fare è stato fatto.
Affido al fato questo diario.
Il mio destino è segnato, ormai.
Dimorerò là dove il dio pagano ha osato sfidare il tempo.
Con me porterò la chiave per accedere al trono.
Che il Signore abbia pietà dell'anima mia.

Fra Bartolomeo, chiuso il diario, si era alzato lentamente dal povero scranno della sua cella per dirigersi verso la biblioteca.

Era sera. Da poco la campana aveva toccato l'ora ottava.

Percorrendo il corridoio sui cui si affacciavano le celle dei suoi confratelli, fra Bartolomeo girava leggermente il capo per un ultimo, ideale, saluto.

Con passo incerto aveva raggiunto la biblioteca.

Gli alti scaffali in legno di quercia, erano stipati di memoria raccolta in volumi dalla copertina di cuoio grezzo impreziosito da decori in oro.

Alla luce della candela la stanza appariva ancora più grande e le ombre degli arredi, proiettate sui muri e sul pavimento, davano loro sembianze demoniache.

Raggiunto l'angolo più estremo, laddove erano conservati i libri di teologia, aveva fatto scivolare, dietro questi, il proprio diario.

Dopo aver ricollocato gli scritti teologici nella posizione originaria era ritornato nel corridoio.

L'aria di marzo annunciava una precoce primavera che profumava di fiori di pesco.

Seguendo il perimetro del chiosco seicentesco dalle belle colonne di legno intarsiato che riproducevano la passione di Gesù Cristo, aveva raggiunto il pesante portone ad anta unica.

Mentre girava la poderosa chiave nella serratura, una stretta al cuore lo attanagliava.

Sapeva che, se si fosse voltato per dare l'ultimo sguardo, non avrebbe avuto più la forza di lasciare il convento.

Nello stesso tempo era consapevole che se fosse rimasto lì i soldati di Napoleone l'avrebbero costretto a rivelare il proprio segreto.

Questo non doveva accadere.

Si era coperto con cura la testa calva con il cappuccio del saio da cui spuntava solo l'appendice bianca della fluente barba e la punta del prominente naso, posto tra occhi cerulei le cui orbite erano così profonde che anche la luce più accecante difficilmente li feriva.

Il cielo terso, spazzato per tutto il giorno da un vento di tramontana, era punteggiato da astri luminosi.

Gli sarebbe piaciuto soffermarsi per godere di tanto spettacolo, ma fra Bartolomeo non voleva ritardare ulteriormente l'appuntamento con il proprio destino.

Dopo aver percorso per un centinaio di metri la mulattiera che conduceva ad est di Perinaldo, verso il monte Ceppo, era stato inghiottito dalla vegetazione.

3

Liguria occidentale – 2 aprile 1794

Le quattro colonne di armati avevano violato, da alcune ore, la neutralità della Repubblica di Genova.

Una stava risalendo la valle del Roia per conquistare il castello di Saorgio presso cui i piemontesi mantenevano una agguerrita guarnigione a vigilare la via di accesso al territorio di Cuneo, una seconda la valle Argentina per espugnare il presidio di Triora, un'altra era diretta ad Oneglia per occupare la cittadina ed il suo porto, ed infine la quarta risaliva la valle del Nervia.

Dolceacqua era apparsa all'improvviso dietro una curva della strada che costeggiava il fiume, dove la valle si faceva più ampia appoggiandosi ad un crinale terrazzato ad olivi, dominata dal castello dorico.

"Olivi, olivi ed ancora olivi. Ma qui non sanno coltivare altro?".

Il generale Massena, a capo della colonna, si era rivolto a Bonaparte che, al suo fianco, cavalcava un magnifico destriero bianco.

"Certo che questa terra non si presta a molto. Ma si dice che comunque la marchesa di questo borgo custodisca, nelle sue cantine, un vino eccellente".

"Bonaparte, ma che vino possono produrre questi bifolchi? Ricorda: quello vero viene prodotto solo da noi, in Francia. Già, ma tu sei nato su un'isola, che ne puoi capire?".

La strada era deserta e polverosa.

Sulla piazza della città li aspettava un comitato di accoglienza con a capo il marchese Carlo Francesco Doria.

"Benvenuti nelle mie terre, signori".

Il generale Massena, senza ricambiare il saluto, scese dal suo cavallo e scuotendosi la polvere dagli abiti si rivolse al nobile con sprezzo.

"Faccia in modo che i miei uomini abbiano cibo e buon vino. Dia ordine che venga distribuita biada ed acqua fresca per i cavalli. Indichi un alloggio decoroso per i miei ufficiali e metta a disposizione la sua dimora per me e per il generale Bonaparte".

"Ogni suo desiderio sarà soddisfatto con immenso piacere. Avervi qui è un privilegio al quale nessun regnante rinuncerebbe", replicò suadente il marchese. "La mia umile dimora, al palazzo della Caminata, è a vostra disposizione: ordinate e vi sarà dato".

Ultimati i convenevoli, il marchese Doria aveva fatto accompagnare i due generali francesi nel suo palazzo, dove furono loro assegnate le stanze più lussuose.

Dopo un bagno ristoratore, gli invasori si erano presentati a cena nello splendore delle uniformi dei rivoluzionari.

"Certo che questo vino rosso è superbo", aveva esordito Bonaparte tra una portata di fagiano ed una di capra con fagioli.

"Grazie, generale, ma il merito di questo nettare è tutto di mia moglie che ne cura personalmente la produzione".

La marchesa Teresa Doria Buonarroti, sorella di Filippo Buonarroti, rivoluzionario al soldo dei giacobini francesi e discendente del grande artista, sfoggiava un abito color cobalto arricchito di rubini e smeraldi, con il décolleté che metteva in risalto gli abbondanti seni compressi in un busto dal soffocante abbraccio. I capelli neri erano raccolti alla nuca, impreziositi da una ghirlanda di fiori d'arancio. Il viso, un ovale perfetto, era ingentilito dalla curva dolce del naso che separava gli occhi dai riflessi verdi, e dalla bocca che pareva disegnata dal prestigioso avo.

"Mio marito è troppo buono. Il merito è di questa terra in cui le nostre vigne affondano le radici".

"Di grazia, potrei sapere il nome di simile bontà?".

"In effetti non ha un nome preciso. Noi siamo soliti indicarlo come rosso di Dolceacqua, ma visto che voi generale Bonaparte lo apprezzate molto, da oggi lo chiameremo il vino di Napoleone Bonaparte".

"Ne sono onorato, marchesa".

Bonaparte, nel proferire la frase, aveva guardato la nobildonna con l'intensità del seduttore.

La fama di grande condottiero era accompagnata da quella di insaziabile amante e la marchesa lo sapeva.

Al contrario del marito, obeso e afflitto da una gotta cronica, il generale era giovane, bello ed aitante.

Sarebbe stata una notte di grandi conquiste.

La mattina successiva il generale Massena convocò tutti i suoi ufficiali.

"Ci siamo tutti?".

"No, credo che manchi il generale Bonaparte".

"Eccomi, eccomi".

La voce di Napoleone era rimbombata tra le alte pareti del salone in cui si teneva la riunione.

Tutti i presenti si erano voltati contemporaneamente verso uno stropicciato Bonaparte che avanzava a passi incerti, intento ad allacciarsi i calzoni.

"Notte dura, generale?".

"L'onore della Francia è salvo, tranquillo generale Massena".

"Non avevo dubbi. Dunque, vi ho riunito per dare disposizioni circa la nostra presenza in questa landa. Prima di ogni altra attività amministrativa, voglio che passiate al setaccio tutte le case, le chiese, le tombe di questa valle. Alla Rivoluzione serve linfa per alimentare il progetto di una grande Francia, quindi non perdiamoci in fronzoli. Tutto ciò che troverete lo considereremo un gentile omaggio del marchese Doria e consorte. Mi interessano armi, gioielli, ori, viveri, ma non prigionieri. Chi reagirà dovrà considerarsi nemico della Rivoluzione e sarà immediatamente passato per le armi. I prigionieri costano e le casse della Francia non se lo possono permettere. Buon lavoro".

Il tono del generale Massena era stato perentorio.

"Scusa, generale. Ti chiederei di riservare a me il compito di rendere visita ad un borgo distante qualche lega da Dolceacqua. Un uccellino mi ha detto cose molto interessanti".

Bonaparte era intervenuto nell'esatto istante in cui Massena stava per congedare i suoi ufficiali. Sapeva che se Napoleone avanzava una simile richiesta nascondeva un motivo sostanzioso.

"Ma certo. Dirò di più: ti accompagnerò. Sono curioso di vedere se il tuo uccellino è buon cantante o solo un muto volatile impagliato".

Podii Raynaldi dominava una valle chiusa, stretta tra due pareti, scavata da tempo immemorabile dal lento scorrere del torrente Verbone, che dal piccolo borgo appariva come una ferita aperta. Si sviluppava dal mare, parallela a quella del Nervia, e culminava alla base del monte sul cui crinale si adagiava il centro abitato, famoso per aver dato i natali a Gian Domenico Cassini, già astronomo di Luigi XIV.

Mentre da Dolceacqua si arrampicavano verso Podii Raynaldi, Massena si era rivolto a Bonaparte.

"Dunque, quando ti decidi a rendermi partecipe del tuo segreto?".

"Sì, hai ragione. Il mio uccellino mi ha raccontato che in questo borgo c'è un convento di francescani molto interessante".

"Bonaparte, lo sai che non ho un buon rapporto con la religione!".

"Neanche io. Quello che rende il convento degno di visita è ciò che quei laboriosi religiosi custodiscono. Mi è stato detto che tra le loro mura nascondono un favoloso tesoro".

"Questo è molto interessante e, certo, non sarà così difficile farci consegnare tutto".

"Generale Massena, gli argomenti certo non ti mancano, e poi non saranno quattro frati pidocchiosi ad ostacolarci".

Così come accaduto con il marchese Doria anche il conte Maraldi, signore di quelle terre, si era messo a disposizione dei due generali, offrendo loro ospitalità nel proprio castello.

Gli ufficiali di Massena avevano subito cominciato l'opera di raccolta secondo le direttive del loro comandante, profanando e saccheggiando le tombe che arricchivano le fondamenta della chiesa di San Nicola.

La facciata di architettura ispanica mascherava un interno barocco, con una navata anteriore e due laterali a riprodurre il simbolo della croce. Gli archi che sostenevano il tetto poggiavano su sei colonne templari che davano al luogo un aspetto mistico ancora più netto, tale da ridurre ad un rispettoso silenzio il fragoroso passaggio dei giacobini rivoluzionari.

Massena e Bonaparte, radunato un manipolo di uomini, si erano diretti verso il convento, ubicato all'estremità orientale del borgo.

L'incedere degli armati era cadenzato dal suono degli zoccoli dei cavalli al trotto che rimbalzava, amplificandosi, tra le pareti verticali delle case i cui usci e finestre erano stati sbarrati da robuste tavole di quercia.

La desolazione dei vicoli era tale da far pensare che il paese fosse disabitato.

Il convento era stato edificato tra il 1590 e il 1610 dall'ordine dei frati francescani sul punto più alto dell'area circostante l'abitato di Podii Raynaldi.

I religiosi lo avevano scelto poiché era il luogo più soleggiato: all'alba il sole accarezzava il crinale cominciando dal convento per poi illuminare, poco alla volta, le altre case; al tramonto con l'ultimo raggio colpiva le austere mura esaltandole con sfumature rosso-arancio.

Costruito su tre livelli, a forma rettangolare, con chiostro interno, era dotato di un ingegnoso sistema di gronde che faceva confluire l'acqua piovana in una grande cisterna collocata sotto la pavimentazione del chiostro stesso. Una serie di magazzini, ricavati nelle fondamenta, erano adibiti a stipare le derrate alimentari che ricevevano, quale decima, direttamente dal conte Maraldi.

Il piccolo drappello di armati si era arrestato innanzi al robusto portale in legno che consentiva l'accesso carrabile al convento.

Non c'era stato bisogno di azionare la catena che, scorrendo su una carrucola, azionava una piccola campana di bronzo.

Un frate, dopo aver fatto capolino da una finestra laterale, aveva aperto immediatamente l'uscio consentendo l'ingresso ai soldati.

Il rumore degli zoccoli dei cavalli e lo sferragliare delle armi dei loro cavalieri aveva spezzato il silenzio dell'interno.

Al centro del chiostro si erano riuniti tutti gli abitanti dell'eremo, rigorosamente vestiti con saio di tela grezza e sandali di cuoio ai piedi.

"Bene, bene. Vedo che siete un bel comitato di ricevimento", aveva esordito Massena.

"La nostra umile casa è a vostra disposizione", fu la replica di uno dei frati.

"Visto che hai parlato, tu dovresti essere il capo, frate. Non è così?".

"Mi dispiace deludere sua signoria, ma io sono solo il più anziano dei fratelli, non il priore. Il mio nome è Tommaso, frate Tommaso".

La voce profonda usciva dal corpo rinsecchito di un anziano religioso. Curvo su se stesso, vittima di un'artrosi deformante, pareva quasi cercasse con insistenza qualcosa che gli fosse caduto a terra.

"Ehi, frate, puoi anche alzare la testa e guardarmi quando ti rivolgi a me!".

"Magari potessi. Il Signore, ormai da due lustri, mi ha fatto dono di guardare sempre i miei calzari per ricordarmi quanto è lunga la strada che conduce a lui".

L'imbarazzo che Massena provava era palpabile e Bonaparte era giunto in suo soccorso.

"Bene, frate Tommaso, potete annunciare al priore che il generale Massena, comandante delle truppe rivoluzionarie francesi, attualmente occupanti i territori della Repubblica di Genova, avrebbe il piacere di parlare con lui?".

"Lo farei volentieri, sua signoria, ma il priore è assente da qualche giorno".

"Sarebbe a dire che è altrove?".

"Veramente frate Bartolomeo, questo è il suo nome, non è solito comunicarci dove si reca per i suoi uffizi, e quindi non so dove egli si trovi".

L'irritazione di Massena era palese.

"Bonaparte, mi sembra che stiamo perdendo del tempo. Lascia parlare me".

Fattosi prossimo al gruppo dei frati si era liberato del mantello che lo copriva esibendo tutta l'arroganza della sua uniforme.

"Come sicuramente avete già capito non siamo qui né per chiedere una grazia, né per recitare una preghiera. Noi siamo un esercito occupante ed è chiaro che, in quanto tale, abbiamo deciso di esercitare tutti i diritti che la posizione di nuovi signori di queste terre ci accredita. Abbiamo pensato che sarebbe stato un onore per voi essere tra i primi nuovi finanziatori della causa rivoluzionaria e quindi siamo venuti qui per ricevere da voi il giusto obolo. Avete due possibilità: o ci consegnate spontaneamente tutto l'oro, il denaro le eventuali armi che custodite, oppure ce li prenderemo noi!".

Massena aveva concluso e il suo viso era il ghigno dello sgherro più bieco.

"Veramente noi viviamo in povertà e grazie alla carità altrui. Non possediamo oro, né denaro, né armi: è contro la regola dell'ordine".

Frate Tommaso, alzato il capo, sosteneva lo sguardo del generale francese.

Infinite rughe gli attraversavano la fronte segnando gli angoli degli occhi e l'attaccatura del naso per poi perdersi nella folta barba bianca.

"Che hai da guardare, frate? Forza, togliti di mezzo, che adesso mi sono stufato".

Con una spinta lo aveva scaraventato a terra e poi si era rivolto ai soldati dando inizio al saccheggio.

"Prendete tutto quello che ritenete sia utile. Non lasciamo nulla a questi pezzenti".

I venti armati avevano lasciato il chiostro e si erano sparsi all'interno del convento.

Dopo circa trenta minuti erano ritornati al punto di partenza.

"Nulla, generale. Non abbiamo trovato nulla!".

"Nulla? Impossibile!".

Massena era su tutte le furie.

"Bonaparte, ma non avevi detto che questi straccioni nascondono un tesoro e molto altro?".

"Sì, così ha detto il mio uccellino".

"Sono sicuro che mi stanno prendendo in giro. Frate! Dove sei, frate?".

Massena, fattosi largo tra il gruppo di religiosi, si era chinato su frate Tommaso ancora steso al suolo.

"Alzati, frate!".

Il religioso, che presentava un'ampia ferita sull'arcata sopraccigliare destra da cui fuoriusciva un copioso rivolo di sangue, osserva il suo aggressore.

"Ti ho detto di alzarti, frate!".

In suo aiuto si erano precipitati due confratelli.

"Lasciatelo. Si deve alzare da solo".

Il prelato, facendo ricorso alle poche energie residue, si era alzato ponendosi, barcollante, innanzi al militare che lo sovrastava di almeno trenta centimetri.

"Mi hai detto che non sai dove sia andato il priore. Secondo me se l'è battuta con tutti gli ori per nasconderli in qualche posto qui vicino. Sapeva del nostro arrivo ed ha preferito non farci trovare nulla. Ora tu mi dirai dove si è rintanato il tuo capo. Hai capito, frate? Dimmi dove è andato il priore!".

Frate Tommaso, senza proferire parola, aveva infilato una mano sotto il saio tirando fuori il rosario. Poi si era inginocchiato, cominciando a pregare.

"Frate, stai pregando? Prega, prega perché ti servirà".

Poi si era voltato verso i suoi soldati che osservavano passivi.

"Lo affido a voi. Tirategli fuori il luogo dove si è rifugiato quello stramaledetto priore".

Due militari avevano sollevato di peso il religioso per legarlo, mani e piedi, ai quattro angoli di un'arcata del chiostro.

Per venti minuti i lamenti del francescano avevano riecheggiato tra le pareti del convento. Poi era sceso il silenzio.

"Generale, è svenuto. Temo che se continueremo non reggerà: è troppo vecchio".

"Cosa vi ha detto?".

"Nulla. Ha continuato a pregare per tutto il tempo".

Bonaparte si era avvicinato a Massena.

"Credo che il frate dica la verità. Non sa dove si è diretto il priore. Mentre tu cercavi di far parlare il vecchio, io ho avuto un interessante colloquio con uno dei frati. L'ho visto molto impaurito: tremava come una foglia. Mi sono avvicinato e gli ho detto che il prossimo sarebbe stato lui. È stato un fiume in piena. Mi ha raccontato che una notte di qualche giorno fa, non riuscendo a dormire, si era alzato per recarsi nel chiostro. Appena entrato, aveva notato la luce di una lanterna per cui si era appiattito contro una colonna trattenendo il respiro: non voleva essere sorpreso fuori dalla sua cella in orario vietato. Il priore, avvolto nel saio, gli era passato accanto senza vederlo, uscendo dal convento. Ha riferito che negli ultimi tempi gli era sembrato strano: aveva fatto prelevare tutto l'oro del convento per metterlo in alcuni bauli di legno che poi erano stati stipati in un magazzino la cui chiave era solo in suo possesso".

"Ottimo: prendi il giuda e fatti condurre in questo deposito".

Bonaparte si era avvicinato ad un giovane imberbe dal viso sottile, con naso e mento che parevano essere stati allungati dalla misteriosa forza della natura attirando a sé le folte sopracciglia nere che chiudevano ad arco due occhi piccoli e corvini.

"Andiamo. Guidami dove il priore avrebbe fatto depositare le casse con gli ori".

Avevano disceso una serie di scale in pietra, scavate direttamente nella roccia. Mano a mano che procedevano l'umidità si faceva più intensa.

A precedere tutti il giovane frate, dietro di lui Bonaparte e due armati.

Scale intersecavano corridoi e metro dopo metro diventavano sempre più anguste.

Infine, si erano fermati davanti ad una porta di quercia, serrata da una serratura sproporzionata rispetto alle dimensioni dell'infisso.

"Buttatela giù".

I due soldati a colpi di scure ne avevano fatto saltare parte dei pannelli di legno, per poi farsi da parte.

Bonaparte, varcata la soglia, si era introdotto nella desolazione di una stanza cieca.

Sul pavimento in terra battuta c'erano quattro bauli in legno.

Apertili, ne aveva illuminato l'interno con la torcia scoprendoli vuoti.

Sul fondo di uno giaceva un oggetto di piccole dimensioni.

Era un monile rotondo, grande quanto un Luigi d'oro, con cesellato un simbolo: una croce celtica.

4

Ventimiglia – estate 2003

Il sole era una palla infuocata che arroventava il ferragosto di un'estate arida.

L'ultimo temporale risaliva a maggio, piovoso come non lo era mai stato negli ultimi cinquant'anni.

Per tutto il mese il cielo era stato un alternarsi di nuvole grigie dalle varie sfumature, con scrosci d'acqua improvvisi e copiosi.

Gli ombrelloni degli stabilimenti balneari erano rimasti desolatamente chiusi ed i turisti tedeschi avevano disertato la Costa Azzurra preferendole la più soleggiata iberica Costa del Sol.

Poi magicamente, il primo giugno, dopo una notte di vento che aveva battuto la costa ed ululato nelle strette valli che dal mare risalgono verso le Alpi Marittime, l'alba si era presentata con un cielo azzurro e limpido.

Sul filo dell'orizzonte si ammirava il profilo nervoso delle alture corse, nette come il tratto di un grafico.

Il mare, blu cobalto, sfumava in verde smeraldo quando, avvicinandosi a riva, si arrotava frangendo sui ciottoli di strette spiagge o sugli scogli dei moli che proteggevano piccole baie.

"Minchia, che caldo!".

Il commissario Scichilone era seduto da un paio d'ore sul molo della Margunaira.

Il capo, liscio come una palla da biliardo, rifletteva i raggi di quel sole implacabile ed ormai aveva assunto un color porpora.

Rivoli di sudore scendevano lungo la mascella quadrata, sfiorando labbra carnose che nascondevano denti larghi e distanti tra loro. Il collo, corto e taurino, sormontava un corpo tarchiato che gli conferiva l'aspetto di un lottatore.

Siciliano, originario di Palermo, da sei anni dirigeva il commissariato di Ventimiglia.

Lui in Riviera non ci voleva venire, ma il Ministero lo aveva inviato nell'ultimo posto di polizia d'Italia.

"Beh, dipende da dove lo si considera. Dottore: se lei entra in Italia, proveniente dalla Francia, è sicuramente il primo", aveva replicato l'ispettore Capurro, suo stretto collaboratore e tecnico della polizia scientifica.

Aveva scelto quella professione contro la volontà del padre.

Avvocato di punta del foro di Palermo, lo voleva nel suo studio per lasciargli il testimone.

"Papà, voglio fare il poliziotto, non mi interessa difendere i delinquenti. Mi piace la giustizia, ma non quella ipocrita dei penalisti. Io, se potessi, i tuoi clienti li sbatterei tutti in galera!".

Quell'affermazione pregiudicò ogni relazione con il genitore.

Lui aveva partecipato al concorso pubblico per accedere all'Istituto superiore di polizia e, vintolo, dopo nove mesi era stato nominato commissario.

A Ventimiglia era giunto in compagnia della moglie Maria Assunta. Bellezza mediterranea: i capelli corvini sciolti sulle spalle, gli occhi neri penetranti, il naso dalla curva delicata e le labbra carnose. Fisicamente minuta, con seni prorompenti, esibiva generose scollature.

Era piaciuta subito a tutti, specie agli uomini.

"Quando esci ti devi conciare. Non mi piace che gli altri possano godere della tua generosità. Mi hai capito?".

"Geloso?".

"Non si tratta di gelosia. Tu sei la moglie del dirigente del commissariato e quindi ti devi dare un contegno. È solo questione di rispetto. Per me, s'intende".

"Senti quello che parla di rispetto. Tu, quando hai deciso di venire in questo posto, hai chiesto il mio parere? Hai forse rispettato le mie esigenze? No, te ne sei infischiato, e io da brava moglie ti ho seguito, muta e rassegnata".

"Lo sai benissimo che non avevo alternative".

"Bravo, alternative. È la parola che forse non fa al caso tuo, ma al mio sì. Io le alternative le ho, eccome".

"Che vorresti dire?".

"Che posso scegliere se stare qui o ritornare a Palermo. Il mio mondo non può e non deve limitarsi al tuo. Guardami: sono giovane, bella, intelligente, ricca, grazie ai miei genitori. Quindi, vedi, ho le alternative. A volte mi rendo conto che la mia vita sta scivolando via senza che la possa vivere a fondo. Tutto questo perché? Per seguire i tuoi ideali? Non li sento miei, mi dispiace!".

Era stata l'ennesima discussione. La gelosia per le scollature era solo un pretesto e Scichilone lo sapeva.

Lei aveva preso il primo treno per Roma.

Lui, rimasto a lungo sulla banchina della stazione di Ventimiglia, fissava la curva dietro la quale era sparita la coda dell'ultimo vagone. Sperava che il macchinista inserisse l'indietro tutta ed in una sorta di *rewind* poter rivivere la storia con Maria Assunta.

Le donne: strani animali.

Lui: vittima sacrificale di mantidi religiose.

Si faceva sedurre difficilmente, ma quando decideva di lasciarsi andare si immolava totalmente alla causa. In una sorta di masochismo si era offerto quale pasto alle sue donne, poche (tre), che lo avevano distrutto psicologicamente nutrendosi delle sue energie.

Ogni volta che viveva una storia d'amore ingrassava nei momenti di grazia, mentre dimagriva, stile campo di concentramento, quando tutto finiva.

Dopo Maria Assunta, nessuna.

Forse il ricordo era troppo fresco.

No: il suo problema era che l'amava ancora.

Ora, con la canna da pesca tra le mani, osservava distrattamente il lento scarroccio del galleggiante.

Dall'orecchio destro pendeva un sottile cavo nero che, seguendo il profilo del collo, si inseriva sotto la canottiera bianca per raggiungere una ricetrasmittente celata nella tasca del costume, a pantaloncino, dalla tinta improponibile.

"Certo, dottore, che il costume doveva comprarlo proprio fucsia?".

"Capurro, non ci scassare la minchia! Un costume ho chiesto e quella mi ha detto: 'A pantaloncino, a mutandina o a perizoma?'. Mi ci vedi con il perizoma? Dove minchia la nascondevo la radio? A pantaloncino, le ho detto. Quella mi guarda e mi chiede: 'La taglia?'. Peppino, e che ne capisco io di taglia! Mah, non saprei, dico io. Quella mi osserva la patta dei pantaloni e mi fa: 'Si giri'. Anche il sedere ha voluto guardare. Poi è sparita ed è tornata con in mano 'sti pantaloncini. 'Mi dispiace', mi dice, 'ma della sua taglia è rimasto solo questo colore'. Peppino, è un colore da ricchione, lo so, ma che dovevo fare? Prendere o lasciare. Dovevo far saltare l'appostamento per un costume?".

Scichilone lo voleva prendere in flagranza.

Erano ormai tre le denunce da parte di donne che lamentavano la performance di un giovane titillatore sul sentiero che collegava la Marina alla spiaggia delle Calandre.

Una sottile striscia di terra, dopo aver abbandonato il porto dei pescatori di Ventimiglia, si insinuava come una ferita sul fianco del pendio dove la città alta aveva trovato la sua collocazione.

Seguendo l'andamento sinuoso delle piccole insenature, attraversava macchie di ginestre selvatiche, agavi, pini marittimi, timo, e rosmarino. Sotto, il colore del mare era di un blu cristallino. Un grande acquario in cui sgombri ed acciughe nuotavano rapidi, sfiorando smarriti saraghi le cui squame vibravano d'argento se accarezzate dai raggi del sole.

A metà del percorso, su un tratto pianeggiante, una serie di pini marittimi offriva la giusta occasione per una sosta.

L'ombra era accogliente, specie se la brezza soffiava, dolce, da ponente.

Proprio in quel punto il maniaco colpiva.

Sui trent'anni, snello, statura media, carnagione chiara. Nessun altro dettaglio.

In realtà uno era stato indicato: pene piccolo.

Il particolare sul quale, inevitabilmente, tutte le vittime avevano concordato, dal momento che la loro attenzione veniva forzatamente attratta dall'esibizione dell'uomo.

I giornalisti avevano enfatizzato: "Maniaco in azione a Ventimiglia: tre donne rischiano di essere violentate da uno sconosciuto. È caccia all'uomo".

"Violentate! Una sega. Lo stronzo si è fatto una sega, Capurro!", aveva commentato il commissario Scichilone leggendo la cronaca del quotidiano locale.

"Dobbiamo prenderlo prima che succeda veramente qualcosa di grave".

"Potremmo mandare un paio di colleghe in costume da bagno, quali agenti provocatori".

"No, Peppino, direi che è meglio un bell'appostamento tradizionale. In fondo ha colpito sempre nello stesso posto, alla pineta. Dunque, noi mettiamo un paio dei nostri dentro la pineta, poi un paio alle Calandre, sulla spiaggia, ed altri due all'imbocco del sentiero. Se copriamo la zona lo becchiamo di sicuro".

Così era stato programmato.

Da due ore tutti gli uomini erano in allerta e Scichilone era ormai al limite della sopportazione.

"Dottore da falco uno".

"Avanti falco uno".

"Forse ci siamo. È arrivato un tipo che corrisponde alla descrizione: trent'anni circa, snello. Indossa solo il costume da bagno. In questo momento sta guardando verso la Marina".

"Bene. Non perdetelo di vista".

Mentre Scichilone chiudeva la comunicazione due ragazze, vestite solo di un pareo, stavano imboccando il sentiero.

"Falco uno e tutte le unità operative da dirigente. Attenzione, due prede in arrivo. Stato di massima allerta".

"Dottore, il sospetto le ha inquadrate. Si sta agitando".

Il giovane non perdeva di vista per un solo istante le due ragazze. Guardatosi rapidamente intorno, non vedendo nessuno, si era posizionato al centro della pineta, a ridosso di una curva.

Poco dopo erano comparse le due donne.

L'effetto del sole e la salita avevano favorito la sudorazione. La pelle, bronzea, luccicava mentre un leggero velo d'acqua compensava il surriscaldamento dell'epidermide.

Pur non essendocene bisogno, l'effetto bagnato rendeva ancora più seducenti le ragazze. I parei multicolori si erano appiccicati alla pelle lasciando trasparire i seni e la corona rosa dei capezzoli. L'incedere era caratterizzato dal movimento delle gambe, flessuose, che apparivano e scomparivano nell'apertura dell'indumento.

Superata la curva si erano trovate davanti il giovane che repentinamente, calatosi il costume, aveva cominciato a masturbarsi.

"Belle, siete belle. Che ne dite se adesso facciamo l'amore?".

Il movimento della mano era rapido e lo sguardo allucinato, fisso sui corpi sudati.

Le ragazze si erano bloccate, colte dallo stupore.

Come uno squadrone di cavalleria che arriva in soccorso dei coloni accerchiati dagli indiani, gli agenti Rispoli e Sciancalepore si erano catapultati sul sentiero ed invece di suonare la carica avevano urlato: "Fermo, polizia!".

Il giovane, interrotto il gesto, incurante del costume a mezza coscia, cercava una via di fuga.

Di fronte le ragazze, dietro la polizia, aveva optato per il salto dalla scogliera.

"Cazzo, ma che fai?".

Il grido di Rispoli era stato inutile. L'uomo, lanciatosi nel vuoto, era piombato in acqua da una ventina metri di altezza.

"Capo da falco uno".

"Avanti falco uno".

"Dottore, lo stronzo ha colpito e poi si è buttato in mare".

"In mare?".

"Sì, confermo".

"E voi che aspettate? Inseguitelo".

"Mi scusi, ma non sappiamo nuotare".

Scichilone, rimasto attonito, osservava la muta custodia della radio.

"Minchia, non sanno nuotare!".

Si era alzato di scatto ed aveva gettato la canna da pesca, per percorrere di corsa il molo ed arrivare alla spiaggia.

Due ragazzi stavano armeggiando intorno ad un pedalò accingendosi a portarlo in acqua.

Il commissario, ad ampie falcate, aveva raggiunto i due bagnanti.

"È un'emergenza: polizia. Mi serve il pedalò".

Senza dare spazio a repliche, si era impossessato del piccolo natante, spingendo forte sui pedali in direzione pineta.

Dopo una serie di slalom tra le teste di alcuni turisti in ammollo, il commissario aveva preso il mare aperto.

Navigava lungo la scogliera seguendo a vista l'ispettore Capurro che, con uno sforzo sovrumano, lanciava i suoi centodieci chili sul sentiero.

Il subalterno soffiava come un mantice mentre fiumi di sudore gli scorrevano ovunque.

L'azzurro della camicia, sbiadito dalle innumerevoli lavatrici, si era trasformato in blu cobalto. Il viso, normalmente giallo epatite, aveva assunto un colore rosso fuoco.

"Mo' schiatta".

Le parole di Scichilone sembrava avessero avuto l'effetto di un monito. L'ispettore aveva improvvisamente rallentato sino a fermarsi: le mani ai fianchi, la schiena piegata in avanti ed un fiotto di vomito era esploso accompagnato da conati rumorosi.

"L'avevo detto".

Il commissario continuava a mulinare le gambe a ottanta pedalate al minuto.

L'acido lattico si stava accumulando nei polpacci: gli sembrava che un cane, anzi una muta intera, lo stesse azzannando.

"Minchia, che male".

Quando ormai era allo stremo delle forze, aveva notato a trenta metri da lui un nuotatore che sembrava volesse frullare l'acqua tanto si sbracciava e scalciava.

Dall'alto l'agente Rispoli attirava la sua attenzione.

"Dottore, dottore, è lui!".

L'urlo dell'agente vinceva il fragore dell'onda che si frangeva trasformandosi in spumosa schiuma bianca contro la roccia di arenaria che formava la scogliera.

"Quale? Quello che nuota?".

"Sì, sì. È lui!".

"Arruso fermati, polizia!".

Scichilone si era erto in equilibrio instabile sul pedalò.

"Minchia, ti ho detto di fermarti! Dove credi di andare?".

Ormai l'imbarcazione era accanto al nuotatore che imperterrito continuava nell'azione come se non si fosse accorto di nulla.

Il commissario, allora, lo aveva afferrato per i capelli.

"Pezzo di cornuto, fai finta di non sentirmi?".

Il pedalò aveva cominciato a dondolare pericolosamente mentre Scichilone cercava di avere ragione dell'uomo.

Un'onda più grossa aveva dato l'ennesimo, robusto scrollone, ed il commissario era volato in acqua, aggrappato ai capelli del nuotatore.

In un turbinio di bollicine i due erano precipitati a meno tre metri.

La presa del poliziotto era ferrea tanto da rendere inutili gli scomposti tentativi di fuga del suo avversario.

Con una spinta delle gambe Scichilone era risalito in superficie, portandosi dietro la preda.

Come in un'operazione di salvataggio, gli aveva assestato un poderoso pugno alla mandibola facendogli perdere i sensi.

Poi, passatogli un braccio intorno alla testa, lo aveva trascinato al pedalò.

Mentre lo issava a bordo l'uomo aveva ripreso conoscenza.

"Ti avevo detto di fer... minchia! Sparamaneghi!".

Scichilone osservava sorpreso il viso del fermato.

"Dovevo immaginarlo che dietro il 'pericoloso maniaco' si celava un segaiolo professionista come te".

"Ma che sta dicendo, commissario? Quale pericoloso maniaco?".

Il poliziotto aveva alzato una mano minacciando di colpirlo.

"Stai zitto, per favore. Grazie a te sono diventato lo zimbello di Ventimiglia. Le tue esibizioni sono diventate così famose da meritare le prime pagine dei giornali, fetuso, cornuto e rotto in culo che non sei altro".

Ignazio Castrovillari, detto Sparamaneghi per la particolare tendenza alla titillazione: un viso infantile, imberbe come il sedere di un neonato, occhi vicini e strabici, naso affilato come la lama di un coltello, denti da castoro, le spalle leggermente curve e le mani perennemente sudate.

Ora giaceva, bocconi, sul fondo del pedalò, con la pressione sul collo del piede destro di Scichilone.

Una piccola folla di curiosi si era radunata sulla battigia.

"E questi che caspita vogliono? Capurro falli sgombrare, che non c'è niente da vedere".

L'ispettore, sudato come fosse uscito da una sauna, con la camicia incollata alla pelle aspettava il commissario in compagnia del sovrintendente Sciancalepore e dell'agente Rispoli.

"Che bella figura di merda abbiamo collezionato oggi. Ancora un po' e ci scappava, 'sta primula rossa".

Scichilone, ustionato come un hot dog, si era rivolto furente ai suoi collaboratori, mentre il pedalò scivolava stridendo sulla ghiaia del bagnasciuga.

"Minchia, abitate al mare e non sapete nuotare? Non ci posso credere!".

"Veramente, dottore...", aveva azzardato Rispoli.

"Stai zitto, Rispoli, non esistono *ma* che tengono. Per prendere Sparamaneghi mi sono dovuto vestire come una checca, fare il pirla per ore su uno scoglio con una canna senza esca, pedalare come Bartali, lottare in mare rischiando di annegare... e tutto questo perché? Perché voi non sapete nuotare! Lascia perdere, Rispoli!".

5

Castrovillari era stato denunciato a piede libero e i giornali avrebbero dato il giusto spazio all'operazione anti-maniaco.

I turisti si sarebbero sentiti più sereni, con il compiacimento dei commercianti tutti.

"Capisci Capurro come siamo messi? Qui il massimo della soddisfazione per un poliziotto è aver beccato Sparamaneghi".

L'amarezza traspariva nella frase di Scichilone.

L'ispettore Capurro, quarantasei anni, centodieci chilogrammi per centosettanta centimetri, un cespuglio nero al posto dei capelli, con il collo che a cingerlo tutto occorrevano quattro mani, gli occhi leggermente sporgenti che lo facevano apparire eternamente stupito, lo osservava con pazienza.

Era abituato agli sbalzi d'umore del suo capo e quindi lo lasciava parlare sino a quando Scichilone taceva, svuotato del pessimismo che aveva dentro.

Capurro pensava che il commissario attirasse i guai come carta moschicida.

A dirla tutta, Capurro pensava che Scichilone portasse sfiga.

"Beh, dottore, non è sempre così. Le ricordo l'inverno scorso il caso della 'Cavalleria Rusticana'...".

"Lasciamo perdere. È stata l'unica indagine seria che mi è capitata e non sono riuscito neppure a risolverla".

Il commissario si era ancora più incupito e Capurro preferì lasciarlo solo.

Scichilone, alzato lo sguardo, aveva trovato la stanza vuota.

Sentiva dentro l'inquietudine dell'insoddisfazione, provando un senso di repulsione verso se stesso: era ora di uscire da lì.

Il quindici di agosto, stranamente, alle otto di sera, Ventimiglia pulsava ancora di vita.

Contrariamente agli altri mesi dell'anno, le sere estive erano, anche nella città di confine, occasione per il passeggio.

I marciapiedi in riva al mare si riempivano di gente in cerca di ristoro, abbandonata su qualche panchina, in un alito di vento o in una granita al limone.

Scichilone aveva costeggiato i giardini pubblici e raggiunto il mare si era fermato a scrutare il profilo di Cap Martin, oltre il quale cominciavano ad occhieggiare le prime timide luminarie di Montecarlo.

Il sole, che lo aveva martellato per tutto il giorno, era un sussurro rosso che sfumava oltre le isole Hyeres.

Il cielo cobalto sembrava ghermirlo soffocandone il residuo splendore e a breve la notte sarebbe stata la padrona incontrastata.

Il commissario osservava il lento susseguirsi delle piccole onde del mare che scivolavano dolci sulle spiagge ghiaiose.

Oltre l'orizzonte, ed ancora più in là, c'era la sua Sicilia.

Aveva inspirato forte sperando di carpire una bava di vento che avesse l'odore dei cannoli, degli arancini, della cassata.

Improvvisamente lo stomaco gli aveva regalato, di rimando, un brontolio oscuro e minaccioso.

"Minchia, oggi non ho nemmeno mangiato per quel cornuto di Castrovillari".

La fila interminabile di ristoranti, pizzerie e stabilimenti balneari rappresentava per gli occhi, ma soprattutto per i succhi gastrici di Scichilone, un richiamo irresistibile.

Per un attimo era stato tentato di infilarsi nel primo locale e di ordinare tutto il contenuto del menù, ma poi aveva pensato al venerdì, giorno di mercato.

Centinaia di bancarelle invadevano, da tempo immemorabile, buona parte della città.

Da largo Torino a passeggiata Oberdan senza soluzione di continuità e poi dentro in via Veneto, via Repubblica, via Milite Ignoto.

Si trovava di tutto, dalle scarpe ai cavatappi, passando per la pelletteria, purché rigorosamente contraffatta.

Ventimiglia, per quest'ultimo motivo, richiamava frotte di francesi che si riversavano nelle vie alla ricerca dell'affare della vita.

Il mercato si colorava anche un po' d'Africa avendo al suo interno una sorta di commercio parallelo, quello dei clandestini, per lo più di origine senegalese.

Anch'essi, coperti dalla testa ai piedi di false griffe, si mischiavano agli ambulanti regolari cercando di sbarcare il lunario.

La lingua più diffusa, in quel giorno, era il francese o meglio il *fracitaliano*, una sorta di idioma commerciale parlato al fine di capirsi.

La cosa bizzarra era che in realtà la maggior parte degli avventori, seppur francese, aveva origini italiane e la nostra lingua la parlava benissimo.

Come risucchiati dal tipico patriottismo transalpino, dimenticavano fatalmente le italiche radici esprimendosi esclusivamente in francese.

Così i commercianti si avventuravano in un francese approssimativo, condito di improperi rigorosamente italiani quando una contrattazione andava ben oltre ogni umana ragione.

I "galli" arrivavano a migliaia: in treno, in autobus, in auto ed in moto; di tutte le età, coprivano uno spettro tra i due mesi e i novant'anni di vita. Sciamavano tra le bancarelle come cavallette su un campo di grano.

Alle otto del mattino la città già brulicava di persone e mezzi mentre un rumore assordante di clacson e di voci concitate scuoteva il risveglio dei ventimigliesi.

Poi, all'ora di pranzo, riempivano i ristoranti dai menù a prezzo fisso: spaghetti al ragù, cotoletta e patate fritte, una bevanda compresa.

Tutto questo era passato davanti agli occhi di Scichilone che, nel terrore di vedersi presentare una serie di piatti express, aveva girato sui tacchi dirigendosi, ad ampie falcate, da Enotria.

Pochi tavoli per clienti dal palato esigente.

Il commissario si era catapultato all'interno del ristorante dove il proprietario l'aveva accolto calorosamente.

"Commissario, che sorpresa! È sempre un piacere vederla".

Walter distribuiva i suoi quarant'anni su un fisico che difficilmente teneva sotto gli ottanta chili, a fronte di un'altezza di centosettantacinque centimetri. Capelli castani, radi, sovrastavano un viso tondo dal sorriso franco, mentre gli occhiali con la montatura in metallo conferivano all'uomo un'aria intellettuale.

"Walter, spero tu abbia un posto perché ho una fame nera".

"Per lei c'è sempre".

Gli aveva indicato un tavolo all'angolo estremo del locale, che si componeva di un'unica stanza rettangolare in grado di ospitare al massimo quaranta coperti, e di un piccolo banco bar sito sulla parete opposta alla porta d'ingresso. La cucina si collocava nel piano interrato e le portate giungevano in sala tramite un montacarichi.

Scichilone amava sedersi con le spalle al muro, in modo da controllare l'ingresso ed osservare contemporaneamente gli altri commensali.

Quel tavolo era perfetto.

In più la sua attenzione era stata immediatamente catturata dalla chioma leonina, biondo cenere, di un'avvenente signora seduta, in posizione frontale, al tavolo accanto al suo.

Si era accomodato senza staccare gli occhi dal quel viso, forse un po' carico di colori, sul quale pulsavano due labbra al silicone rosso Ferrari.

I seni, generosi, erano trattenuti a stento da una camicetta bianca che lasciava poco spazio alla fantasia.

Alle dita delle mani diversi gioielli, mentre le unghie brillavano di uno scintillante smalto rosso.

Scichilone impazziva per le unghie laccate e a quella vista avvertì un improvviso fremito inguinale.

Era un automatismo del tutto spontaneo e incontrollabile.

Aveva cercato di concentrarsi sul menù, ma gli occhi inevitabilmente ritornavano alle mani della donna.

Le dita impugnavano forchetta e coltello con una certa goffaggine, mentre portavano il cibo alla bocca che si apriva in modo da non sciupare il rossetto.

Poi, afferrato il bicchiere di vino bianco, con tanto di mignolo teso a mo' di timone, lo aveva portato alle labbra.

Al commissario non importava se non rispettava il galateo: erano le unghie laccate di rosso che lo facevano morire.

La donna, accortasi dello sguardo di Scichilone, aveva abbozzato un sorriso a tutti denti, esibendo un frammento di lattuga che faceva bella mostra di sé tra gli incisivi.

Al commissario non interessava un gran che: erano le unghie rosse che lo ipnotizzavano.

Non aveva resistito. Si era alzato e avvicinatosi alla donna aveva chiesto: "Permette?".

"Ma prego, si segghi pure".

Non gli pesava che non conoscesse i verbi: erano le unghie…

"Piacere, Vittorio".

"Io me chiamo Deborah, con la acca!".

In fondo le acca non gli davano fastidio: erano…

"È un po' triste mangiare da soli, vero?".

"A chi o dice. Me sentivo come er cacio senza le pere".

Non gli importava…

La cena era volata via in un istante, così come la camicetta di Deborah con l'acca, che si trovava riversa sul divano dell'appartamento di Scichilone.

Il commissario l'aveva invitata a prendere un caffè su da lui.

Negli approcci si sentiva fuori allenamento.

Anni e anni con la stessa donna, Maria Assunta, senza mai trasgredire, allontanando tentazioni e cattivi pensieri.

Dopo di lei, nessuna.

Adesso, con il più intenso degli sguardi, aveva buttato lì la proposta.

Deborah con l'acca non si era fatta pregare.

Percorrendo i duecento metri di marciapiede che separavano il ristorante da casa sua, poi ancora salendo le due rampe di scale per raggiungere il bilocale dove alloggiava, pensava al disordine che regnava all'interno, ma soprattutto a come giocarsi le carte per fare sue le unghie più arrapanti che avesse visto, o così almeno lui credeva.

Le sue preoccupazioni si erano completamente dissolte nell'istante in cui, entrati nell'appartamento e chiusa la porta, Deborah lo aveva assalito baciandolo.

Dopo averlo trascinato sul divano, si era strappata la camicetta di dosso e lo aveva travolto con veemenza.

Più che un rapporto sessuale era stato un incontro di lotta greco-romana. La donna lo aveva completamente annientato, mentre Schichilone si era limitato a difendersi.

Ora, con la camicia aperta sul petto e i calzoni alle caviglie, osservava Deborah e la sua quarta misura che lo sovrastava cavalcandolo come se fosse un pony.

"T'è piaciuto? A me morto. Sei veramente gajardo, commissa'!".

Schichilone era preoccupato che la battaglia potesse ricominciare, per cui si era alzato dicendole: "Vado in bagno un attimo".

Giunto in cucina aveva sollevato la cornetta del telefono a muro che, santo il padrone di casa, si trovava tra i pensili e la base dei mobili, componendo il numero del proprio cellulare.

"Commissa', er telefonino".

"Arrivo, rispondo io".

Rientrato nella sala, aveva risposto.

"Pronto. Sì, sono io. Ah! Quando è successo? Bene, arrivo!".

Chiusa la finta comunicazione, guardando la donna con apparente rammarico, aveva spudoratamente pronunciato la fatidica frase: "Mi dispiace, devo andare. Sai, il lavoro...".

"Ma come, adesso? Subito? Proprio ora che ce stavamo a divertì?".

"Deborah, sarà per un'altra volta".

Mentre lo diceva si rivestiva, facendo cenno alla donna di alzarsi.

"Piano, commissa' e che è tutta 'sta prescia?".

"Scusami, mi dispiace, devo andare subito. È urgente".

Scesi in strada si erano salutati.

Deborah con l'acca e le unghie rosso Ferrari si dissolveva nella notte portandosi dietro tutta la sua carica sessuale, mentre Schilone aveva raggiunto il mare.

Era rimasto seduto a lungo sulla spiaggia guardando un punto indefinito davanti a sé.

Si sentiva svuotato e sporco come se avesse tradito la fiducia di Maria Assunta che sentiva ancora sua, ma che forse non lo era mai stata.

Si era poi spogliato ed immerso nell'acqua tiepida, nuotando al buio in direzione di una lampara.

6

"Eppure era qui".

Se Francesco Cavalieri avesse potuto infilarsi fisicamente dentro al cassetto della scrivania, l'avrebbe fatto volentieri.

"Niente, non c'è! Chissà dove l'ho infilato?".

Si era arreso. Seduto alla scrivania del suo ufficio, guardava intorno sperando che la memoria gli regalasse uno spunto.

"No, sono sicuro di averlo messo qui".

Da dieci anni sindaco di Perinaldo, il paese dove prima di lui erano nati il padre, il nonno, il bisnonno e giù sino al 1756, quando dall'archivio parrocchiale era emerso che un'antica ava aveva partorito un bimbo di madre certa e di padre sconosciuto.

A lui non importava se le proprie origini fossero di sangue blu o meno. La cosa di cui andava fiero era essere perinaldese.

Piccolo, esile nel fisico e tenace nello spirito. Pochi capelli canuti facevano tutt'uno con la barba corta che arricchiva un viso scarno, illuminato da vivaci occhi cerulei.

Ad osservarlo bene poteva assomigliare ad un elfo dispettoso ed impertinente, di quelli che secondo alcune vecchie leggende abitavano nei boschi intorno a Perinaldo.

Ed in effetti, di tanto in tanto, veniva inghiottito dal verde dei boschi di castagni che appena fuori il paese lambivano la strada provinciale per monte Bignone.

Ad attirarlo morbosamente erano i funghi.

Nel periodo di raccolta, si alzava all'alba, usciva silenzioso da casa, con il cesto di vimini a tracolla, un pezzo di pane, qualche pomodoro secco ed una mela, ai piedi pedule da montagna.

Percorreva guardingo il selciato di "ciappe" per raggiungere il sentiero che porta "ai Campi", con la speranza di non essere seguito, di non incontrare nessuno, e poi s'infilava nel bosco.

Difficilmente tornava a mani vuote. Quasi sempre il canestro traboccava delle teste di pregiati "neri".

"Solo i porcini sono funghi, il resto è roba da prendere a scarpate".

Era la filosofia di chi conosceva i luoghi e le *tacche* dove il *boletus* cresceva e che poteva, quasi sempre, permettersi il lusso di tralasciare altri funghi meno nobili.

In mancanza di porcini, comunque, anche frattoni, galletti, mazze di tamburo e vinati finivano sott'olio, nei vasetti che lo stesso sindaco preparava.

"Mia moglie non è capace a confezionarli e quindi è meglio che lo faccia io".

Peggior menzogna non avrebbe potuto dire.

Infatti era obbligato a farlo lui perché la sua metà, dopo quella volta che le aveva scaricato in cucina dieci chili di funghi da pulire e lavorare, aveva dettato le regole: "Ti piacciono i funghi? Bene, datti da fare perché io non ho alcuna intenzione di passare il mio tempo tra barattoli di vetro e spezie".

Non c'era stata replica.

"Sandra? Sandra vieni un attimo, per favore".

L'impiegata comunale era apparsa sulla soglia dell'ufficio.

"Dimmi, Francesco".

"Senti, ieri sera ho lasciato un vecchio libro, un diario, qui nel cassetto della scrivania. Hai mica visto dov'è finito?".

"No, Francesco. Non ne ho idea".

"Ma stamattina, prima che io arrivassi, è entrato qualcuno nel mio ufficio?".

"Lo sai Francesco che se tu non sei qui io lo chiudo e nessuno entra senza chiedermi la chiave".

"Eppure sono sicuro di averlo lasciato nel cassetto".

Mentre Sandra ritornava alle sue mansioni, il sindaco aveva raggiunto la propria abitazione per controllare se il diario fosse lì: "Hai visto mai che ieri sera l'ho portato a casa?".

D'estate a Perinaldo l'aria era dolce. A seicento metri di altezza, anche in pieno agosto si poteva respirare.

Disteso sul crinale di una collina dominava la valle del Verbone che era delimitata all'altro estremo dal mare di Vallecrosia.

I tredici chilometri che separavano il paese dal litorale erano caratterizzati dagli irti pendii delle colline terrazzate ad olivi e mimose.

La strada asfaltata segnava la valle come una cicatrice che dalla piazza del paese assumeva un riflesso argenteo quando il sole si trovava all'apice della sua parabola.

Il borgo, medioevale, contava quattrocento abitanti stabilmente residenti che raddoppiavano nei mesi estivi, quando un'orda di tedeschi si aggirava per i vicoli dei *cubi* alla ricerca di originalità.

Fradici delle umidità teutoniche venivano in Riviera per gustarne il sole ed il mare. Ma la costa era troppo dozzinale e d'estate eccessivamente trafficata.

Meglio l'entroterra con il suo sapore di antico.

Se negli anni Ottanta avevano trovato terreno fertile e quindi erano riusciti ad acquistare per poche lire case e terreni, poi riattati con meticolosa dovizia, ora gli "indigeni" si erano affinati, improvvisandosi abili agenti immobiliari.

In pochi anni il valore del mattone si era quintuplicato per la gioia dei perinaldesi possidenti.

Il sindaco, giunto a casa, aveva inutilmente rovistato ovunque.

Il diario era sparito.

"Ma che strano!".

Per tutta la notte aveva rimuginato sulla scomparsa, convincendosi di essere rimasto vittima di un furto.

"Ma da chi? E poi perché?".

Dopo qualche giorno di vana attesa, consumata nella speranza di ritrovarlo, una mattina si era messo in macchina per imboccare la provinciale in direzione del mare.

7

Per Scichilone la mattina aveva il sapore del caffè.

Senza consumarne uno buono non avrebbe nemmeno aperto la porta dell'ufficio e quindi, prima di buttarsi sul lavoro, faceva tappa fissa al bar Canada.

Ventimiglia ne annoverava una concentrazione sopra la media, ma quello era di gran lunga il suo preferito.

L'interno era affollato di calda umanità accalcata al bancone o seduta ai tavoli.

C'era chi leggeva assorto un quotidiano, chi cercava nel fondo della tazzina la forza per affrontare una nuova giornata di lavoro e chi discuteva con Maurizio, il titolare, della campagna acquisti dell'Inter.

Il commissario aveva scelto quel bar dopo un'attenta selezione basata sulla qualità del caffè.

"In questa città ci sono tanti locali, ma pochissimi che sanno fare un espresso all'altezza".

"Beh, dottore, la maggior parte si è uniformata ai gusti della clientela, che è per lo più francese. Non sono grandi intenditori e si accontentano di qualsiasi cosa che ne abbia anche solo l'aroma.

Capurro, mentre parlava, evitava di guardare negli occhi il suo superiore.

Scichilone si era fermato con la tazzina a mezz'aria.

"Ma fammi il piacere! Un caffè è un caffè, sia qui che a Milano, che a Napoli. Mi spieghi perché, allora, dalle altre parti lo fanno all'italiana e noi qui dobbiamo prenderlo per forza alla francese?".

Non c'erano repliche che tenessero.

Usciti dal locale, Scichilone aveva acceso la prima sigaretta della giornata.

"Non dovrebbe fumare, dottore".

Il commissario aveva inspirato a lungo mentre lo sfrigolio del tabacco che bruciava riempiva il silenzio.

"E invece no, Peppino. Io fumo, perché sono masochista, perché me ne fotto di questa vita che mi piglia, spesso, per il culo. Io fumo perché non so che fare, perché mi girano, perché… ma a te che importa se io fumo?".

Aveva buttato a terra la sigaretta che, rotolando sull'asfalto, era finita dentro un tombino da cui uscivano esalazioni pestilenziali.

Bastava qualche giorno senza pioggia e le fogne cittadine regalavano gli odori forti di una città che d'estate raddoppiava le presenze.

"Come iniziare bene la giornata: un caffè che sa di veleno, una sigaretta che non avvelena abbastanza ed una fogna che uccide".

In ufficio, sulla scrivania, lo aspettavano i quotidiani. Era un rito al quale non voleva rinunciare: aprire il giornale per primo. Quando scopriva che qualcuno l'aveva preceduto, s'inalberava chiamando a gran voce: "Pasquale! Pasquale, chi ha letto il giornale? È mai possibile che accada una cosa del genere? Pasquale! Pasquale…".

Quella mattina non era successo.

Per la prima mezz'ora non voleva essere disturbato. Non dovevano passargli telefonate, né bussare alla sua porta. Nessuna eccezione.

Alle otto e trentuno minuti precisi il telefono si era messo a squillare.

Il commissario osservava il display dell'apparecchio.

Il centralinista.

"Dimmi".

"Mi scusi, dottore, ma all'ingresso c'è la signora Alba Trentini che chiede di parlare con lei".

"Noooo! E tu che le hai detto? Che sono qui?".

Silenzio glaciale.

"Aho, ci sei? Che le hai detto?".
"Io... beh... io...".
"Allora?".
"Beh... io... sì, le ho detto di sì, ma che al momento era impegnato, sa per via dei gior...".
La frase era morta sulle labbra del piantone.
"Minchia!".
Scichilone si angosciava ogni volta che quella donna chiedeva di lui.
"Falla aspettare, solo un altro minuto. Ti dico io, quando deve salire".
Aveva cercato nervosamente il pacchetto di sigarette.
"Peppino! Peppino! Ispettore Capurro, dove sei? Quando ho bisogno di te non sei mai qui. Peppino!".
L'ispettore aveva fatto capolino.
"Vieni, Peppino. Sotto c'è la Trentini. Alba Trentini. Quell'Alba Trentini".
Capurro conosceva il motivo della visita: era lo stesso di tutti i giovedì, vigilia del mercato settimanale.
"Adesso tu ti siedi qui e mi dai una mano".
"Una mano?".
"Sì, una mano. Nel senso che se mi alzo e la prendo per il collo, tu mi fermi".
"Ah, sì. Certo. Tenga presente i miei scarsi riflessi e che potrei agire un poco in ritardo".
"Peppino, non fare lo stronzo: lo sai che ogni volta fa di tutto per provocarmi e prima o poi succede l'irreparabile. Quindi...".
L'ispettore si era pesantemente seduto sul divano di panno blu che arredava l'ufficio del commissario, rilasciando uno sbuffo di intolleranza.
Alba Trentini era entrata nell'ufficio sfoderando il sorriso perfetto di una dentiera tenuta al palato con l'apposita colla, allungando contemporaneamente la mano destra.

Scichilone non si era alzato e non le aveva stretto la mano.

La donna, senza smettere di sorridere, si era seduta innanzi al dirigente di polizia dando, consapevolmente, le spalle all'ispettore.

Commerciante di Ventimiglia, sessantacinque anni portati discretamente. Occhi azzurri segnati agli angoli da una ragnatela di solchi accentuati dall'eterno sorriso, che Scichilone credeva fosse frutto di una paresi. Viso lungo, chiuso da un caschetto di capelli neri frutto della tinta settimanale di Manuele. Abiti eleganti, dal taglio moderno, la rendevano piacevolmente osservabile.

L'importante era non lasciarla parlare.

Prolissa e presuntuosa, finiva per decantare tutte le proprie qualità, e allora si faceva notte.

Suo marito Filippo Ravera era rassegnato al ruolo di comprimario: autista, maggiordomo e quant'altro, soverchiato dall'esuberanza della moglie.

Talmente calato nel suo ruolo che, giorno dopo giorno, aveva assunto le sembianze di un basset-hound con occhi tristi, le guance cadenti e l'aria mite.

Lo Chanel N.5 invadeva la stanza al pari della scomoda presenza della donna.

Scichilone, con il telecomando, aveva aumentato la ventilazione del condizionatore che mitigava le sue giornate lavorative.

"Signora Trentini, buongiorno".

"Commissario, buongiorno. Dunque, sono venuta da lei per il solito problema del venerdì. Come lei sa, domani è giornata di mercato e, come ogni volta, la nostra bella città verrà invasa da centinaia di negri che vendono marchi contraffatti. Io le chiedo, a nome dei commercianti tutti, di prendere seri provvedimenti nei loro confronti. Vede dottore, noi paghiamo le tasse mentre questi le evadono. Guadagnano un sacco di denaro vendendo borse false e nessuno delle forze dell'ordine fa qualcosa per fermarli: è una vergogna!".

Scichilone le avrebbe voluto rispondere che bisognava sforzarsi di essere più tolleranti, che quelli che lei chiamava impropriamente *negri* erano semplicemente degli esseri umani molto più sfortunati di noi perché il destino li aveva fatti nascere in un paese più povero del nostro, che vendevano borse false per poter campare, cosa che facevano anche i commercianti italiani regolari poiché era l'unico articolo che interessava alla clientela francese, che il vero motivo nel dare battaglia a quei poveracci era solo una bieca concorrenza commerciale per la vendita delle false griffe, che... che... che...

Alla fine il commissario aveva detto semplicemente: "Va bene, vedrò quello che posso fare".

Alba Trentini si era alzata ed era uscita dall'ufficio portandosi dietro lo Chanel N.5, la dentiera attaccata al palato con l'adesivo, la presunzione e l'intolleranza.

Scichilone e Capurro si erano guardati, attoniti e sconfitti, come ogni giovedì.

L'incantesimo era stato rotto dal trillo del telefono.

"Dimmi".

"Scusi, dottore, alla porta c'è il sindaco di Perinaldo che vorrebbe parlare con lei".

"E chi è?".

"Dal documento risulta chiamarsi Francesco Cavalieri".

"Francesco Cavalieri... mai sentito. Fallo salire, è pur sempre un sindaco!".

Capurro usciva dall'ufficio mentre il commissario si era alzato per accogliere l'ospite.

"Buongiorno".

L'uomo, seppur minuto, gli diede un'energica stretta di mano.

"Mi dica, signor Cavalieri. In cosa posso esserle utile?".

Contemporaneamente aveva indicato una delle poltrone del salottino mentre lui si era accomodato sul divano, nel posto occupato poco prima da Capurro.

Ne avvertiva ancora il calore.

"Vede dottore, sono qui perché mi è stato rubato un diario".

Il commissario fissava il pavimento in preda allo sconforto mentre pensava a quanto quella giornata fosse nata male: prima il caffè, poi la fogna, Capurro e la battaglia antifumo, la Trentini e l'intolleranza razziale, adesso un sindaco impazzito.

"Mi faccia capire meglio: le hanno rubato il diario?".

"Sì... no... hanno rubato sì un diario, ma non il mio!".

"E di chi?".

"Di frate Bartolomeo".

"Frate Bartolomeo?"

"Sì, il priore del convento di Perinaldo dal 1786 al 1794".

"Il suo diario?".

"Sì, il suo diario".

"E l'aveva lei?".

"Sì".

"Senta, sindaco, è meglio che mi spieghi tutto per benino, perché così non capisco nulla".

Francesco Cavalieri, tirato un profondo sospiro, aveva cominciato. "Lei conosce Perinaldo?".

"Non sono sicuro di essere mai stato lì. È un paese dell'entroterra, vero?".

"Sì. Lei deve lasciarsi Vallecrosia alle spalle e risalire la valle. Supera Vallecrosia vecchia, San Biagio della Cima, Soldano e poi arriva a Perinaldo. In tutto sono tredici chilometri che deve fare dopo aver lasciato l'Aurelia".

"Capisco".

Scichilone guardava perplesso il sindaco. Pur annuendo non aveva assolutamente capito dove si trovasse Perinaldo.

I nomi dei vari paesi suonavano comunque familiari, forse li aveva letti in qualche atto d'ufficio.

"Bene, io ne sono il sindaco".

"Mi fa piacere".

"Nel nostro piccolo borgo medioevale, un tempo, c'era un convento di francescani che è rimasto attivo sino alla Seconda

Guerra Mondiale. Poi, un pò per mancanza di vocazioni e un po' perché la Curia non aveva sostanze per gestire una simile struttura, è stato chiuso. Il Comune ha deciso di comprarlo per trasformarlo in uffici e in museo, ma soprattutto ne ha fatto la sede di un osservatorio astronomico, edificato in onore dell'illustre concittadino Giovanni Domenico Cassini, già astronomo di corte di Luigi XIV".

Il commissario seguiva a stento.

"D'accordo, sindaco, ma che c'entra tutto questo con il furto del diario?".

"C'entra, c'entra. Dunque, le dicevo del convento. Quando sono iniziati i lavori di ristrutturazione, tra le migliaia di carte e volumi che abbiamo trovato in quella che doveva essere stata la biblioteca è spuntato fuori un diario. Appunto, il diario di frate Bartolomeo che era stato, come le ho detto, il responsabile del convento tra il 1786 ed il 1794".

"Bene. Adesso mi spieghi perché è tanto allarmato dal fatto che 'sto diario sia sparito?".

"Giusto. Sa, io mi diletto a studiare e ricostruire la storia di questi luoghi, in particolare quella di Perinaldo, e quindi tutti i volumi che possono aiutarmi in tal senso mi interessano moltissimo. Quel diario era molto istruttivo perché frate Bartolomeo, oltre a descrivere il quotidiano, dava delle indicazioni per ritrovare un tesoro".

"Un tesoro?".

"Vede, signor commissario, al tempo di frate Bartolomeo le armate francesi invasero questi luoghi e razziarono tutto ciò che era di loro interesse. Alimenti per le truppe, per i cavalli, armi, donne, ma soprattutto denaro ed oro. Non risparmiarono nessun luogo, nemmeno le chiese e le tombe. Nel diario c'era un preciso riferimento a quel triste periodo e in tal senso il frate faceva capire di aver nascosto tutti gli oggetti di valore del convento in luogo segreto al fine di sottrarli ai soldati di Napoleone Bonaparte. Tra l'altro, dagli archivi del convento emerge che frate Bartolomeo, qualche giorno prima dell'invasione francese, è sparito in circostanze misteriose: una mattina non l'hanno più trovato. Coincidenza vuole che insieme a lui sparirono tutti gli ori che, secondo i registri contabili dell'epoca, ammontavano a centinaia di oggetti sacri, molto spesso arricchiti di pietre preziose".

"Se fosse accaduto ai giorni nostri, azzarderei che il frate s'è fregato tutto ed è scappato in Sud America", aveva esclamato Schichilone interrompendo il racconto del sindaco.

"Non credo sia andata così. Infatti il diario si interrompeva proprio con frasi dalle quali traspariva, senza ombra di dubbio, una scelta opportuna e responsabile da parte del frate. Voleva che Napoleone non si appropriasse del tesoro del convento".

"Capisco".

"Vede, dottore, se avessi potuto studiare a fondo il diario sarei potuto risalire al luogo in cui è sepolto il tesoro, ma adesso che è sparito tutto si complica".

"Scusi, sindaco, ma oltre a lei chi sapeva del diario?".

Francesco Cavalieri si era fatto più avanti, cambiando posizione sulla poltrona.

"Purtroppo, troppe persone".

"Quante?".

"Beh, alcune sere fa ho organizzato una cena tra amici: eravamo in undici, mi pare, a casa mia. Dopo aver mangiato, ho parlato del rinvenimento del diario. Ho raccontato che lo stavo studiando e che quanto prima avrei donato al Comune di Perinaldo un favoloso tesoro. Avevo spiegato che nel manoscritto c'erano tutte le indicazioni per ritrovarlo. Fatalmente, qualche giorno dopo il diario è sparito".

"Chi erano questi suoi amici?".

"Tutte persone per bene: Fausto Arnaldi, Giobatta Allavena, Giorgio Guasco, Renato Sismondini, poi c'era Tullio Guglielmi, Giancarlo Fogliato, Ernesto Gibelli, Ruggero Guasco, Fulvio Pizzio e Rodolfo Martini".

"Troppi! Mi faccia capire, solo questi erano a conoscenza dell'esistenza del diario?".

"Sì. Naturalmente lo sapevano pure mia moglie e mia figlia".

"Visto che il ladro potrebbe essere uno di loro, non si spiega altrimenti, direi che lei dovrebbe parlare con tutti nel tentativo di persuadere il responsabile, a restituirlo".

"Non credo che sia la cosa più saggia, dottore".

"E perché?".

"Non è il furto che mi ha spinto a venire da lei, è soprattutto la paura".

"Paura?".

"Sì, paura di essere ucciso".

"Di essere ucciso? Per un diario?".

"Ho motivo di credere che chi lo ha rubato sia anche un assassino".

"Ah!".

"Vede, commissario, tra i partecipanti a quella cena solo tre persone sarebbero in grado di risalire, secondo le indicazioni contenute nel testo, al luogo ove potrebbe essere nascosto il tesoro: Tullio Gugliemi, Fulvio Pizzio ed io. Noi tre siamo gli unici originari di Perinaldo, i soli che conoscono il territorio, le tradizioni, la storia del paese. Ora, purtroppo siamo rimasti Fulvio ed io, perché Tullio è morto recentemente, dopo la famosa cena e dopo il furto del diario".

"Mi dispiace per il suo amico".

"Anche a me, soprattutto per il modo in cui è successo. Se devo essere sincero, non credo proprio che si tratti di un decesso accidentale".

"Perché?".

"Tullio è morto schiacciato dal ribaltamento del suo trattore. Era esperto: conosceva bene il proprio lavoro ed aveva arato mille volte le sue fasce. Quel giorno lo hanno trovato in una *riana* che delimita un oliveto, sotto il trattore. Si è detto di un'imprudenza, una distrazione: è arrivato al limite della fascia senza accorgersi che stava finendo. È andato oltre perdendo il controllo del mezzo. Non era da lui".

"Lei mi sta dicendo che pensa a qualcosa di diverso? Mi sta suggerendo che il suo amico sarebbe stato ucciso da uno dei partecipanti alla famosa cena, responsabile anche del furto del diario? E perché avrebbe lasciato vivo lei e Fulvio Pizzio?".

"Beh, non saprei".

Scichilone, guardando l'orologio che portava al polso, si era reso conto che stava parlando con il sindaco da più di un'ora.

"Caro sindaco, la sua storia è stata molto interessante ed istruttiva, ma francamente non vedo spunti investigativi degni di tale termine per portare avanti un'indagine. Si tratta, in fondo, del furto di un vecchio diario. Potrebbe essere stato rubato da chiunque. Lei invece mi parla di complotti, di strane morti... ma che è, un giallo di Agatha Christie? Senta, se lei vuole fare denuncia di furto, la indirizzo da uno dei miei agenti che la formalizzerà e poi le faremo sapere".

Il sindaco era rimasto seduto sulla poltrona mentre il commissario si alzava.

Non gli credeva.

Si era alzato a sua volta, salutando rispettosamente mentre usciva dall'ufficio. Non aveva fatto nemmeno denuncia, voleva solo tornare a casa.

Scichilone, avvicinatosi alla finestra del suo ufficio, aveva acceso una sigaretta.

"Che giornata! Ci si mettono pure i sindaci che giocano a fare Poirot".

8

"Dottore?".

Il viso tondo dell'Ispettore Capurro aveva fatto capolino nell'ufficio di Scichilone.

"Che c'è, Peppino?".

"Che ne dice di un caffè?".

Il commissario si era voltato, spostando lo sguardo dalla finestra alla porta.

"Certo, ne ho bisogno".

Avevano appena cominciato a scendere le scale che conducevano al portone d'ingresso, quando la voce alterata dell'ispettore Martini era rimbombata nel corridoio adiacente.

"Ora basta, mi hai rotto i coglioni! Ma non capisci che sei fottuto?".

Scichilone e Capurro, tornati sui propri passi, avevano imboccato il corridoio degli uffici della squadra giudiziaria dirigendosi a grandi falcate verso l'ufficio di Martini.

"Che succede, Monnezza?".

Azeglio Martini, detto Monnezza: trentasei anni portati alla meglio, capelli biondi corti e a spazzola, mascella quadrata in cui erano incastonati occhi grigio-azzurro, spalle larghe in un fisico asciutto. Il soprannome derivava dalla passione per i film di Tomas Milian, in arte Maresciallo Giraldi, detto er Monnezza.

Due matrimoni falliti alle spalle: "Troppo giovane, troppo stupido".

Un presente senza riferimenti affettivi: "Tante donne, forse troppe".

Un futuro incerto: "È già un casino vivere il presente, figurati se penso al futuro".

Responsabile del settore investigativo del commissariato, con spiccata predilezione verso le indagini sui traffici di stupefacenti.

"Salve, dottore. Abbiamo beccato 'sto stronzo con dieci grammi di roba. È fottuto, ma non capisce che se collabora forse una buona parola col magistrato posso anche mettercela, e magari ci scappano i domiciliari al posto della galera".

"Di che si tratta?".

"Coca, di quella buona. È un fesso perché lo sa che gli stavamo dietro e quindi è consapevole che noi conosciamo il nome del suo fornitore. Non è così, Ballerino?".

Carmelo Musumeci detto il Ballerino per la passione della danza, seduto su una sedia di legno fissava il pavimento tenendosi la testa fra le mani. I capelli neri brillavano al sole mentre gocce di sudore gli imperlavano la fronte bassa, fermandosi sulle sopracciglia folte che chiudevano a semicerchio occhi neri e profondi, mentre il naso rettilineo sovrastava labbra carnose ed un mento prominente.

Ai piedi le scarpe di vernice nera facevano a pugni con i calzini bianchi, corti, che spuntavano da pantaloni coloniali in cotone beige. La camicia, in sintonia con i pantaloni, era chiazzata di umidità sulla schiena ed all'altezza delle ascelle.

"Ispettore, se sapete da chi la prendo andate e arrestatelo. Che volete che vi dica?".

"Ballerino, allora non mi sono spiegato bene. Quello che non capisci è che se io ti presento così, direttamente al magistrato, con i precedenti che hai come minimo ti becchi cinque anni. Poi, hai visto mai che facendo le analisi su questa merda ed andandole a comparare con la roba che ha ucciso quella ragazza francese trovata secca la settimana scorsa nei cessi della stazione, si scopre che è la stessa... allora, mio caro Ballerino, sei fregato del tutto. Ti appioppano un bell'omicidio e trent'anni di galera non te li toglie nessuno".

Musumeci aveva alzato la testa ed ora si guardava attorno, smarrito.

"Scusa, Martini".

Schichilone aveva fatto cenno all'ispettore di seguirlo fuori dall'ufficio.

"Allora, spiegami la vicenda".

"Dotto', era qualche giorno che stavamo dietro al Ballerino, praticamente dopo la morte della ragazza francese. Ci avevano detto che forse la roba l'aveva comprata da lui. Lo abbiamo pedinato giorno e notte per capire da chi si rifornisse. Così abbiamo scoperto che fa il cavallo per Pino Margotta: quello che abita a Ventimiglia alta e che è appena uscito di galera. Si era fatto dieci anni dopo che lo avevamo arrestato per spaccio di stupefacenti".

Il commissario, presa l'ennesima sigaretta, l'aveva accesa.

"Per arrivare a Pino dovevamo fottere il Ballerino. Solo lui sa come si muove. E così abbiamo fatto: gli abbiamo mandato sotto un tossico che ci doveva un favore e il Ballerino ha abboccato. Ora si tratta di spaventarlo un poco, perché in fondo è un cacasotto".

"Ok, Monnezza, ma non voglio compromessi di sorta: l'unica cosa su cui ti puoi sbilanciare è una buona parola al giudice in cambio di collaborazione, e niente di più".

"D'accordo, capo".

Martini era rientrato nella stanza dove Musemeci appariva sempre più a disagio. Continuava a sudare copiosamente.

"Tonino, prendi il Ballerino e portalo nel pensatoio: vedi di farlo ragionare".

Il sovrintendente Antonio Cupiello aveva fatto un cenno a Musumeci che lo aveva seguito fuori dall'ufficio di Martini.

Schichilone aveva aspettato che i due uscissero e poi si era rivolto a Monnezza: "Certo che sei veramente bastardo dentro. Nel pensatoio con Tonino. Minchia, secondo me quello dopo mezz'ora è pronto a giurare che le torri gemelle le ha abbattute lui!".

Antonio Cupiello con i suoi ventitré anni in polizia rappresentava la memoria storica del commissariato. Metodico, calmo, riflessivo, non era certo quello che si dice un fulmine, ma nessuno come lui riusciva a far cantare anche i più ostinati. Forse non si trattava di capacità. Probabilmente era solo pazienza. Lui diceva che in fondo il tempo giocava a suo vantaggio. Non c'era fretta. Domanda dopo domanda, chiedendo sempre più particolari.

Immancabilmente i fermati finivano con ammettere le proprie responsabilità.

Quando capitava qualcuno di ostinato, esaurite le domande, ricominciava daccapo.

E allora prendeva dal moschettone portachiavi, appeso al passante dei pantaloni, il tagliaunghie e cominciava la propria manicure.

Non guardava mai le sue "vittime", mentre frammenti di unghie partivano come proiettili ad ogni *clak* delle lame e le domande si ripetevano con cadenza esasperante.

"Basta. D'accordo, parlerò".

Ogni volta Scichilone rimaneva affascinato dalla capacità di Cupiello.

"Ma come fa?".

"Credo che non esista una risposta. Ci riesce e a noi va bene così".

Pino Margotta non immaginava la quantità di guai che gli stavano per piombare addosso mentre, seduto all'unico bar della città alta, sorseggiava un pastis.

Quarant'anni, quindici dei quali passati per condanne varie nelle patrie galere.

Carnagione bruna, capelli neri perennemente impomatati e pettinati all'indietro, che costituivano una sorta di prolungamento aerodinamico di un viso curiosamente "succhiato" verso la nuca, in cui gli occhi, piccoli e a mandorla, lo facevano associare, per chi lo guardava, ad una iena.

E forse un po' dell'animale in lui c'era.

Intollerante al lavoro, sin dall'adolescenza aveva preferito farsi largo nella microcriminalità locale.

Furti e scippi erano stati il prologo ad una carriera che in fretta lo aveva portato ad essere il numero uno nello spaccio delle sostanze stupefacenti.

Per lui non c'era differenza nel piazzare hashish, eroina, cocaina o qualsiasi altra sostanza psicotropa.

Quello che gli interessava erano i soldi. Possibilmente tanti, da consumare tra auto di lusso, donne, cene nei ristoranti della Costa Azzurra, il tutto per sfoggiare l'esteriorità di una vita dal destino segnato.

Figlio di emigranti, era giunto a Ventimiglia con i genitori e la classica valigia di cartone tenuta insieme dallo spago.

"Non mi interessa fare una vita di stenti come la vostra. Io sarò ricco, costi quel costi!".

In effetti soldi ne aveva visti passare tanti, solo che si erano fermati nelle sue tasche pochissimo tempo.

Fondamentalmente, al di là delle apparenze viveva una vita misera. Quando non pernottava con un'occasionale compagna in qualche hotel, dormiva nello squallido monolocale di Ventimiglia alta che aveva preso in affitto. Umido da reumatismi, senza finestre, con la sola ventola di aspirazione posta nell'angusto bagno cieco.

Il disordine regnava sovrano e le pulizie erano un optional. Più che un appartamento sembrava un ripostiglio.

Ma tutto ciò non lo scalfiva mentre aspettava il suo cavallo.

Non si fidava di nessuno, dopo che undici anni prima gli sbirri lo avevano pizzicato con trecento grammi di eroina purissima. Si era fatto fregare da un tossico ed aveva pagato caro il suo errore: dieci anni filati, senza sconti.

Dopo essere uscito dal "collegio" si era subito rimesso in pista per riprendere il controllo del territorio. Buon per lui che nel frattempo nessun personaggio di spessore lo aveva rimpiazzato.

Nel periodo della sua carcerazione si era scatenata una lotta tra mezze figure che aveva sortito solo anarchia. Ognuno era padrone di vendere qualsiasi cosa, al prezzo che gli conveniva.

Non c'era più mercato e servivano delle regole che Pino Margotta aveva subito imposto.

Grazie alle sue conoscenze era riuscito a comprare all'ingrosso gli stupefacenti a prezzi che nessuno degli antagonisti poteva ottenere.

La cocaina dai marsigliesi, l'hashish dagli spagnoli, l'eroina dai compaesani della piana di Gioia Tauro.

Anche quelli più restii a riconoscere la sua autorità erano stati messi in riga.

"Al cavallo da corsa basta una frustata, all'uomo intelligente una parola".

Ora era di nuovo il numero uno, il più temuto.

Memore degli errori del passato, si era subito mosso da solo. Poi gli affari erano decollati ed allora aveva dovuto cercare qualcuno che lavorasse per lui: un cavallo.

Tra i suoi conoscenti, Carmelo Musumeci detto il Ballerino era quello in cui riponeva più fiducia.

"Senti, Ballerino, ho da proporti qualche lavoretto. Pochi rischi ed alti profitti. Se ingrani e non tradisci puoi diventare ricco, se mi freghi potresti diventare cibo per vermi".

Gli affari erano immediatamente decollati per la soddisfazione di entrambi, sino alla morte della ragazza francese, trovata cadavere nella toilette della stazione ferroviaria di Ventimiglia.

La prima testa a cadere era stata quella del Ballerino, che si stava giocando la carta della collaborazione con la polizia.

Tutto ciò Pino Margotta non lo sapeva ancora, mentre il pastis gli lambiva le pareti della gola regalandogli aromi di anice.

L'ispettore Martini aveva disposto i suoi uomini all'interno della macchia di pini marittimi, a metà della strada comunale che da Ventimiglia si arrampicava verso la frazione di Magauda.

Pochi chilometri di asfalto tortuoso, con innumerevoli curve a gomito, dal livello del mare a quota seicento metri.

Si attraversavano piccoli poderi terrazzati su cui facevano mostra di sé olivi dai tronchi tormentati da secoli di sole d'agosto ed abbracci di tramontana invernale. I rami erano fronde piangenti, con foglie affusolate, tempestate di taggiasche dalla resa straordinaria.

Carmelo Musumeci era stato preciso.

"Di solito lui mi aspetta al bar di Ventimiglia alta, ma alcune volte, quando c'è un ordine urgente, lo chiamo sul cellulare. Usiamo una sorta di codice e allora la cocaina diventa bottiglie di champagne, sacchi di cemento per l'eroina e mattoni per l'hashish. Io gli dico il numero dei pezzi che chiaramente corrisponde alla quantità di grammi da consegnare.

Pino mi fa aspettare circa trenta minuti e poi mi richiama.

È il tempo che impiega a preparare la roba.

Non mi ha mai portato all'imbosco, ma una volta l'ho seguito ed visto dove tiene il grosso".

Si era prestato a fare la telefonata con il finto ordine e Pino aveva abboccato.

Si trattava solo di aspettare.

Il tempo scorreva lento. Negli appostamenti era sempre così, specie se non puoi fumare, se non puoi fiatare, nemmeno scoreggiare.

"Eccolo, sta arrivando. Tenetevi pronti".

Pino Margotta, a bordo di uno Scarabeo 50 cc nero, aveva imboccato la strada comunale. Saliva piano, come un turista, guardandosi continuamente intorno. Era nervoso.

Il ronzio del ciclomotore riempiva l'aria calda di un'estate che sembrava non finire più, competendo con il canto ininterrotto delle cicale.

"Si sta fermando: occhio!".

Martini, appostato all'interno di una baracca posta sul ciglio della strada, coordinava l'operazione.

I sovrintendenti Cupiello e Sciancalepore si erano creati una sorta di posta per cacciatori di tordi con alcune frasche recuperate nella macchia, mentre gli agenti Rispoli e Bellopede si erano acquattati dentro una *riana* asciutta.

Pino Margotta non poteva immaginare che in un giorno di fine agosto, quando tutti i ventimigliesi sono sdraiati al sole sulle sassose spiagge del litorale, la banda del Monnezza lo stesse aspettando.

Non credeva potesse succedere che cento chili di muscoli e lentiggini, al grido "fermo, polizia!", gli piombassero sulla schiena mentre era chino sulla buca ricavata nel terreno di quella fottuta pineta, specie se nella maledettissima buca aveva nascosto due thermos contenenti un chilo di cocaina purissima, e cinquecento grammi di eroina. La sua rabbia era ancora più grande perché in quella schifosissima buca, sotto i due contenitori di merda, aveva pure messo una calibro 7,65 che scottava.

"Pino, ti avverto, questa pistola scotta. È quella che ha ucciso Mesiano, il cambista".

"Meglio. Pensa che mi stava sul cazzo quel cravattaro. Chi gli ha saldato il conto ha fatto bene ed avere la pistola che lo ha ucciso mi riempie di orgoglio".

Ora era lì, steso con la faccia schiacciata sugli aghi di pino e sulla schiena uno sbirro dai capelli rossi che pesava un accidente ma che soprattutto impugnava una Beretta nove parabellum la cui canna, fredda come la morte, era appoggiata alla sua tempia.

In un attimo lo sfarzo dei ristoranti della Riviera, le auto di lusso, le donne, tutto il suo mondo era svanito per fare posto a quattro pareti da cui il sole si vedeva a scacchi.

9

I complimenti del questore, il plauso della gente comune, gli articoli della stampa. Scichilone non amava essere osannato per avere fatto solo il proprio dovere.

Spente le luci dei riflettori tornava ad essere una comparsa.

Uno dei tanti che si muovevano freneticamente verso un qualcosa che nemmeno loro conoscevano.

Le motivazioni erano diverse ed uguali allo stesso tempo, per tutti.

La famiglia, i figli, la sicurezza economica.

Minchiate.

Per il commissario erano tutti alibi per giustificare il proprio passaggio su questa terra.

Già, un passaggio.

Ma credeva veramente che il presente fosse solo una sorta di grande parcheggio, quasi sempre a pagamento, ove si veniva relegati in attesa di accedere alle grandi praterie di pace dell'aldilà?

Se lo era chiesto parecchie volte.

Nei momenti di sconforto pensava che tutto ciò fosse una presa in giro, una grande illusione che spingeva a sforzarsi di essere migliori.

Che senso aveva crescere, produrre, amare se poi in un solo attimo tutto quello che era non esisteva più ed iniziava un viaggio che terminava davanti ad un giudice severo, il quale ti sbatteva in faccia tutti gli errori commessi in una vita?

E se nel calcolo la bilancia pendeva dalla parte sbagliata, cazzo, finivi davanti a Belzebù che ti infliggeva solo sofferenza.

La regola della retribuzione.

Nascevi per volontà divina e dovevi capitalizzare il bene che ti veniva dato. Guai a te se sgarravi.

Sin da bambino i suoi genitori lo avevano atterrito con minacce allucinanti.

"Se non fai il bravo finisci all'inferno". "Se non mangi tutto fai piangere Gesù". "Se non...".

Era giusto educare i propri figli con lo spauracchio di una punizione?

Lui non aveva ancora figli e forse non li avrebbe mai avuti, ma di certo se fossero arrivati, così si era ripromesso, nessuna minaccia.

Forse era pura teoria, ed anche lui si sarebbe lasciato andare a violenze psicologiche di ogni sorta.

Probabilmente tutto ciò faceva parte del gioco della vita.

Dove non riesci ad importi con la forza della logica passi alle vie di fatto.

Questo tipo di sconforto emergeva sempre dopo un successo.

Anche adesso, dopo l'arresto di Pino Margotta, era arrivato l'onore delle cronache ma poi, chiusa alle spalle la porta del suo bilocale, si era ritrovato solo, e questo lo faceva stare male.

Quando era giunto a Ventimiglia non aveva previsto di potersi trovare in una simile situazione.

"Ci facciamo tre, quattro anni al massimo e poi chiedo il trasferimento a Palermo. In fondo mi hanno detto vai al fronte a farti un po' le ossa e poi ti accontenteremo. Che ne dici, Maria Assunta?".

"Se sta bene a te...".

Le risposte era sempre accomodanti, pure troppo.

Doveva intuire che dietro tanta disponibilità c'era disprezzo per le scelte obbligate, per una vita che non amava.

Così cieco che quando erano iniziati i primi litigi, le prime incomprensioni, aveva pensato che fosse solo stanca, che forse aveva bisogno di ritornare un po' in Sicilia.

Era andata, ma poi era tornata per riprendersi le sue cose, tutte, compresi i regali di nozze, ed a lui era rimasto solo il vuoto della solitudine.

Adesso si sentiva giunto ad un bivio.

Doveva decidere che fare della sua esistenza.

Da una parte il fallimento della vita coniugale, dall'altra i successi professionali.

Poteva vivere solo di lavoro?

Aveva provato a reagire incontrando gente. Partecipava a tutti gli avvenimenti mondani, usciva spesso per andare al cinema, a teatro.

Nonostante ciò non vedeva risultati confortanti.

Passava da fasi positive a profondi stati malinconici. Che fosse depresso?

Sull'argomento aveva letto testi autorevoli.

Si era appuntato i sintomi, confrontandoli con il suo stato.

"Macché depresso! Sono solo deluso ed incazzato".

Lo aveva detto a voce alta guardandosi allo specchio.

Stava invecchiando.

Gli angoli degli occhi e la fronte erano segnati da piccoli solchi che si propagavano come una ragnatela tessuta da un ragno maligno.

Doveva volersi più bene.

"Cominciamo con una doccia bollente e poi vedremo".

Il getto caldo lo aveva colpito sul cranio pelato.

Si era seduto a terra, chiudendo gli occhi, lasciando che l'acqua lavasse via tutta la malinconia.

10

Fulvio Pizzio aveva cenato e come d'abitudine era uscito di casa.

Questa volta la destinazione non era il bar, l'unico di Perinaldo, i cui tavoli all'imbrunire diventavano terreno di sfide.

La *belotta* accendeva anche gli animi più sopiti, tra un atout, un carré, una bestemmia ed un bicchiere di rossese.

L'odore del trinciato forte sapeva di antico, mentre le voci salivano alte quando il compagno non capiva e non caricava.

Ma quella sera Fulvio Pizzio aveva altro da fare.

Il suo interlocutore, al telefono, era stato chiaro: "Se vuoi il diario vieni stasera alle nove al lago e porta diecimila euro in contanti. Vieni da solo e non provare ad avvisare gli sbirri. Ti teniamo d'occhio: se sgarri te la faremo pagare".

Il diario.

L'avrebbe recuperato senza dire nulla a Francesco.

Se c'era una possibilità di arrivare al tesoro l'avrebbe sfruttata e sarebbe diventato ricco.

Beh, ricco lo era già, ma voleva esserlo ancora di più.

Il lago, per quelli del paese, era un bacino artificiale alimentato da una sorgente spontanea.

Serviva per irrigare, ma anche quale punto di approvvigionamento d'acqua per gli elicotteri della Forestale quando gli incendi boschivi ingoiavano ettari di territorio.

Aveva deciso di raggiungerlo a piedi, in fondo erano solo un paio di chilometri e la campana aveva appena toccato le otto.

La frenesia prevaleva sulla razionalità.

Il giorno prima era stato in posta per prelevare il denaro: "Sa, mi servono per concludere un affare... un oliveto", si era giustificato con l'impiegata, un'acida zitella di quarantacinque anni con i capelli a caschetto tinti di un rosso rame, che pareva avere una casseruola girata sulla testa, occhiali con montatura anni Sessanta, denti sporgenti sotto un naso aquilino. Praticamente una caricatura di Edika.

"Mi volevano in tanti, ma io piuttosto di tirarmi uno sconosciuto in casa resto sola. Perché capisci, un marito non è mica un parente, in fondo è un estraneo".

Così era rimasta sola con le sue certezze.

La solitudine, specie dopo una certa età, genera vuoti immensi che vengono spesso colmati dalla curiosità morbosa, dal pettegolezzo senza senso.

Maria Verrando era la lingua più veloce di Perinaldo.

Affidarle una confidenza equivaleva a far pubblicare un annuncio su un quotidiano.

Il segreto diventava merce di scambio tra massaie annoiate e vecchie matrone placidamente abbandonate su una panchina, là dove si poteva gustare il passeggio, quello degli altri.

"Ah, un oliveto. E dove, dove?".

Fulvio Pizzio non le aveva dato la soddisfazione di una risposta mentre contava il denaro che faceva scivolare rapidamente nella tasca dei pantaloni.

A breve il presunto acquisto dell'oliveto sarebbe giunto alle orecchie di sua moglie, alla quale avrebbe dovuto dare una spiegazione plausibile.

Ma se tutto andava bene, non si sarebbe dovuto giustificare perché un tesoro non è un oliveto, ma è pur sempre qualcosa.

La strada, appena fuori l'abitato, saliva dolcemente attraversando piccoli poderi coltivati ad alberi da frutto che a poco a poco lasciavano il posto a castagni e conifere.

Dopo un chilometro di strada provinciale aveva imboccato la carrabile interpoderale che conduceva al lago.

A breve il buio avrebbe avvolto ogni cosa e la torcia elettrica che si era portato sarebbe tornata utile.

Il pensiero di diventare l'unico possessore del diario gli faceva perdere ogni timore.

Non gli importava nulla delle tenebre, del luogo isolato, di chi si sarebbe trovato di fronte.

Ciò che gli interessava era solo il diario.

L'odore umido del lago gli era giunto ai sensi trasportato da un alito di vento.

Il silenzio era spezzato dal gracidare di due rane che sembravano rispondere al canto di un uccello notturno.

Le nove meno cinque.

Il buio stava avanzando con la sua cappa nera oscurando i colori del bosco ed attutendo i rumori del giorno.

Tutto diventava improvvisamente statico e Fulvio Pizzio si era reso parte integrante di quell'attimo.

Immobile, con le mani in tasca, gli occhi sbarrati come un barbagianni che fruga la notte e nel portafoglio diecimila euro pronti per l'investimento della sua vita.

Di nuovo la brezza che gli sfiorava la nuca, questa volta più calda, più muschiata, più animale.

Per un attimo era come se avesse percepito la presenza di qualcuno che gli avesse soffiato sul collo, a pochi centimetri da lui.

Si era fatto ancora più immobile sondando il silenzio, talmente assoluto da fargli male alle orecchie.

Aveva bloccato il respiro cercando di concentrarsi sui propri sensi.

Ancora il vento, questa volta freddo da far accapponare la pelle, pungente come l'abbraccio della morte.

Non l'aveva sentito arrivare perché era già lì.

Tutto si consumò in una frazione di secondo, con un movimento fulmineo.

Il respiro che mancava.

Affannosa ricerca di aria.

Le mani che cercavano di liberarsi della morsa che gli serrava la gola.

"Devo liberarmi. Voglio respirare".

Gambe che scalciavano e sensi che si intorpidivano, mentre la mente gli urlava di lottare.

Il buio che diventava notte ed il silenzio di una vita spezzata.

Quando lo aveva visto arrivare era rimasto immobile.

"Devi eliminarlo così come hai fatto con l'altro. Mi raccomando, fai in modo che appaia un incidente".

"Non ti devi preoccupare, lo sai che ti puoi fidare".

Era stato rapido come un cobra mentre gli avvolgeva intorno al collo il laccio di cuoio.

Aveva facilmente vinto la sua resistenza, mollando la presa solo quando Fulvio Pizzio era diventato un corpo inanimato.

Uccidere qualcuno lo lasciava completamente indifferente, specie quando il ritorno era un lauto compenso in banconote fruscianti, come quelle che stava sfilando dal portafoglio dell'uomo che giaceva supino ai suoi piedi.

Aveva spostato il cadavere tra gli alberi di castagni aspettando l'ora propizia per mettere in scena lo spettacolo.

"Signore e signori ecco a voi l'impiccato, liberamente tratto da storie di un borghese che non amava la vita".

Le indicazioni erano precise ed aveva trovato subito la cantina.

Bastava appenderlo al soffitto con una robusta corda di canapa, la classica sedia rovesciata ed il gioco era fatto.

"Ciao, *mon ami*, e grazie per il contante".

La notte era ancora giovane e diecimila euro in tasca la rendevano affascinante come lo sguardo seducente di Daniela, "A.A.A.A. bellissima massaggiatrice brasiliana a Ventimiglia solo per pochi giorni – telefono 33543...".

11

Una notte agitata.

Gli incubi erano iniziati con Maria Assunta che gli diceva "non ti amo più", per proseguire con Alba Trentini vestita da kapò che, frustino in mano, lo sferzava accusandolo di non appartenere alla razza eletta, per terminare con il sindaco di Perinaldo travestito da Poirot.

Scichilone non riusciva più a dormire.

Si era alzato per uscire da quella casa.

Il lungomare, alle cinque del mattino, era deserto.

Piccole onde grigie si arrotavano, lente, sulla spiaggia.

Il cielo, blu cobalto, sfumava verso est passando all'azzurro chiaro, al rosa, al rosso e poi al bianco in corrispondenza dell'orizzonte dove stava per sorgere il sole.

Ogni volta che guardava un'alba aveva la sensazione che fosse diversa dalle precedenti.

A volte il bianco era più opaco, o il rosa, oppure l'azzurro era meno sbiadito.

Forse l'aria più limpida, forse la temperatura.

Probabilmente era il suo umore che non era mai lo stesso.

Aveva percorso tutto il marciapiede che univa la foce del Nervia a quella del Roia.

In silenzio, con le mani in tasca.

A volte guardando per terra alla ricerca dei perché, altre avanti per intravedere i sarà, ogni tanto verso il cielo.

L'aria fresca della notte si stava velocemente scaldando, e presto sarebbe arrivata alla temperatura ideale per la schiera di bagnanti che, cosparsi di creme abbronzanti, avrebbero invaso le spiagge.

Per lui, invece, era l'ora di andare.

Un'altra giornata di lavoro.

Alla fine di settembre avrebbe preso un periodo di ferie.

Mancavano ancora tre settimane.

Capurro lo stava aspettando all'ingresso del commissariato e la sua faccia non prometteva niente di buono.

I casi erano due: aveva litigato con la moglie oppure si era già presentata qualche rogna.

Schichilone escludeva la prima opzione.

Difficilmente l'ispettore Capurro litigava con la moglie.

Una volta si era confidato con lui.

Da anni, ormai, i coniugi avevano rapporti formali.

Come erano lontani i tempi in cui, giovani, trascorrevano le sere sul sedile posteriore della 2 cavalli.

Si erano innamorati e sposati in brevissimo tempo.

La loro conoscenza doveva ancora iniziare, e già avevano la fede al dito ed un figlio in arrivo.

Quando erano entrati in crisi, un anno dopo la nascita del primogenito, avevano cercato di metterci una pezza concependo il secondo figlio.

Come in tutte le crisi matrimoniali che si rispettino, non era servito a niente.

Ora, dopo venticinque anni di matrimonio, rimanevano poche cose da dirsi, e litigare era l'ultimo dei pensieri.

Il cibo rappresentava l'effetto collaterale.

Capurro aveva preso a mangiare molto, di tutto, ma soprattutto i dolci.

Carenza affettiva.

Non si ricordava più quanto tempo era trascorso dall'ultima carezza o da un bacio ricevuto dalla moglie.

Qualche anno prima aveva azzardato un approccio fisico.

Con il favore delle tenebre si era avventurato in un assalto disperato.

"Ma che fai, Peppino?".

"Dai, vieni qui che è tanto che non lo facciamo".

Lei si era ritratta.

"No, Peppino, stasera no. Ho l'emicrania".

Chissà perché quando una donna non vuole fare l'amore, tira fuori l'emicrania.

Non farebbe prima a dire "non mi va", oppure "non ti amo più?".

No, l'emicrania. Come se fosse una malattia contagiosa.

Da quel giorno, sotterrata l'ascia di guerra, si era messo il cuore e qualcos'altro in pace.

Scichilone sapeva che Capurro non aveva litigato con la moglie, per cui poteva essere solo una rogna.

"Buongiorno, dottore".

"Ciao, Peppino. La tua faccia non ispira niente di buono. Fuori il rospo".

"Apparentemente non sarebbe nulla di eccezionale, ma è meglio che valuti lei. Ha telefonato il sindaco di Perinaldo dicendo che è successa una cosa grave".

"Che sarà mai successo a Perinaldo? Un furto di galline o di un altro diario?".

"Mi ha detto di riferirle che è morto Fulvio Pizzio".

"E chi è?".

"Mi ha detto solo questo, precisando che lei avrebbe capito".

"Veramente non capisco. Sarà meglio chiamarlo. Componi il numero del Comune di Perinaldo e poi passalo nel mio ufficio".

Mentre aspettava la chiamata, seduto alla scrivania colma di fascicoli e quotidiani, si era acceso una sigaretta.

"Prima o poi smetto. Ma chi è 'sto Pizzio?".

Scichilone sperava che evocando quel nome la memoria gli regalasse un indizio.

Il suono del telefono aveva interrotto i suoi pensieri.

"Sì?".

"Pronto, parlo con il commissario Scichilone?".

"Sì, sono io".

"Buongiorno, dottore. Sono Francesco Cavalieri, il sindaco di Perinaldo".

"Questo lo so, l'ho chiamata io. Dica".

"È successo quello che temevo. È morto Fulvio Pizzio".

"Scusi, sindaco, ma il nome non mi dice nulla".

"Il mio amico, uno di quelli che poteva decifrare il contenuto del diario rubato".

"Ah, sì. Ora ricordo. Eravate tre gli esperti, no?".

"Sì, oltre a me c'erano Tullio Guglielmi e Fulvio Pizzio. Tullio è morto qualche tempo fa in quell'incidente sul lavoro di cui le ho parlato, e adesso è morto Fulvio".

"Mmm...".

Scichilone cercava di concentrarsi su quello che il sindaco gli stava dicendo.

"Ricorda? Le avevo detto che la morte di Tullio era poco chiara. Ebbene, adesso quella di Fulvio è anche peggio".

"E perché?".

"Si è suicidato. Lo hanno trovato impiccato nella cantina di casa sua. Capisce, dottore? Suicidato!".

"A volte succede. La mente umana non è sempre razionale".

"Non si tratta di razionalità. Il fatto è che Fulvio amava la vita. Nessun problema economico, non era malato di tumore, non soffriva di depressione. Ora capisce perché non credo al suicidio?".

"Mmm. Mi faccia capire, chi è intervenuto?".

"Mi hanno avvisato i familiari circa quindici minuti fa ed ho subito chiamato lei. Li ho pregati di non parlarne con nessuno, che io avrei pensato a tutto. Fulvio è ancora appeso nella sua cantina".

"Ok, salgo a dare un'occhiata. Non faccia toccare niente".

"Va bene. Grazie. Grazie, dottore".

La valle del Verbone era tortuosa.

Lungo il torrente omonimo erano nati, nel medioevo, piccoli borghi.

Molto simili tra loro, avevano case arroccate una sull'altra. Sorgevano sui pendii di aspre colline ed un tempo erano fortificati per esigenze di difesa, con edifici verticali che si sfioravano, divisi da vicoli stretti.

La strada si arrampicava seguendo il corso del fiume.

Il paesaggio era piacevole, specie in quel periodo di fine estate in cui i boschi cominciavano a cambiare colore.

Dopo qualche chilometro il percorso si faceva più impegnativo quando la carreggiata s'impennava improvvisamente. Iniziava la salita per Perinaldo.

In otto chilometri si passava da quota centocinquanta metri a quota seicento sul livello del mare. La macchia mediterranea lasciava lo spazio ad infiniti terrazzamenti coltivati ad olivi.

Ordinati, sulle fasce pulite, con le fronde cariche di frutti verdi. La raccolta iniziava normalmente a fine ottobre, ma il caldo e la lunga siccità l'avrebbero anticipata.

Quasi al culmine, dietro una curva, era comparso l'abitato di Perinaldo.

Disteso sul crinale, appariva come un vecchio addormentato al sole, con la testa a levante e le gambe a ponente.

"Chissà dove sarà il sindaco".

Scichilone aveva appena pronunciato le parole che Francesco Cavalieri si era materializzato sulla strada principale.

"Vi sono venuto incontro, così è più facile".

"Certo, ha fatto bene".

La casa era una tra le tante affacciate sul vicolo principale che attraversava il paese da levante a ponente.

Situata nei pressi degli uffici comunali, si componeva di un unico edificio a tre livelli.

La cantina era nel piano interrato, a cui si accedeva direttamente dal vicolo.

A vigilare la porta socchiusa un vigile in uniforme, fattosi da parte quando il sindaco era giunto in compagnia del commissario Scichilone e dell'ispettore Capurro.

L'unico vano aveva il soffitto a botte, le pareti in intonaco grezzo, ed era ventilato da una sola bocca d'aerazione posta all'apice della parete di destra, in posizione centrale.

Un tavolo ed una serie di scaffali, contenenti numerose bottiglie, costituivano l'arredo del locale.

Appeso ad una fune che scendeva dal centro del soffitto, c'era il corpo di Fulvio Pizzio.

Riversa a terra, lateralmente rispetto al corpo, una sedia con il sedile impagliato.

Il medico legale doveva ancora giungere sul posto, per cui la scena non era stata inquinata da nessuno.

Capurro aveva infilato i guanti di lattice, imponendo al commissario ed al sindaco di rimanere sulla porta d'ingresso.

Il cadavere appariva con la testa reclinata sul petto in un angolazione innaturale. Probabilmente le ossa cervicali avevano ceduto sotto il peso del corpo.

Un filo di saliva usciva dalla bocca per perdersi sulla camicia azzurra a maniche corte.

Le braccia pendevano, inerti, lungo i fianchi, così come gli arti inferiori avvolti in un paio di jeans di colore blu.

Ai piedi, Pizzio calzava scarpe da vela in cuoio naturale. Non portava i calzini.

L'ispettore aveva scattato le fotografie di rito per congelare la scena. Poi si era avvicinato cominciando ad ispezionare il cadavere, ma bloccandosi immediatamente non appena sollevata la camicia.

Tornato sui suoi passi si era avvicinato al commissario.

"Scusi, dottore. Le devo parlare".

Erano usciti dalla cantina, allontanandosi di qualche metro in modo che nessuno potesse sentirli.

"C'è qualcosa che non torna".

Scichilone conosceva l'esperienza di Capurro.

Se si esprimeva così dopo una sola occhiata al cadavere, qualcosa non tornava veramente.

"Dimmi".
"Ha le macchie sulla schiena e non ha lingua esposta".
"Le macchie, la lingua? Spiegati meglio".
"Sì, le macchie. Quelle ipostatiche".
"Minchia!".
Scichilone aveva capito quello che Capurro voleva dire.
"Dottore, morto è morto. Ma non per impiccagione".
"Sei sicuro?"
"Sicuro. Se si fosse impiccato avrebbe la lingua esposta, gonfia e tumefatta, mentre le macchie ipostatiche si troverebbero nelle zone declivi e non sulla schiena. Questo, dopo morto, è stato coricato per diverse ore e poi impiccato".

Se Capurro affermava ciò, era Vangelo.

Erano tornati nella cantina chiudendosi la porta alle spalle.

"Signor Sindaco, non faccia entrare nessuno".

I due poliziotti si erano avvicinati al cadavere e Capurro gli aveva sollevato nuovamente la camicia scoprendo completamente la schiena.

All'altezza delle spalle, lungo i muscoli lombari erano evidenti grossi versamenti ematici.

"Dalla rigidità, direi che è morto da almeno dieci-dodici ore e queste macchie, se si fosse impiccato, dovrebbero trovarsi molto più in basso, lungo gli arti inferiori. Come le ho detto, quando si muore il sangue dei tessuti si deposita nelle zone declivi e questo qui, a giudicare da quello che ci dicono le macchie ipostatiche, è deceduto prima di essere impiccato, rimanendo coricato sulla schiena per diverse ore. Trascorso un certo lasso di tempo le macchie ipostatiche non migrano più, così come è successo per questo poveraccio. No, dottore, questo qui lo hanno appeso, non si è impiccato".

"Minchia".

Scichilone seguiva con interesse le deduzioni di Capurro mantenendo lo sguardo fisso sulla sedia.

L'aveva sollevata dal pavimento avvicinandola al cadavere.

"Che le avevo detto?".
"Minchia!".
Tra la punta dei piedi di Pizzio ed il sedile della sedia c'era circa un palmo.

12

Scichilone e Capurro avevano concordato di non rivelare, per il momento, quanto scoperto.

Il dottor Russo, medico legale, giunse sul posto con molta calma.

"Scusate, c'era un po' di traffico".

I due poliziotti sapevano che in realtà il ritardo andava imputato a qualche sosta nei bar della vallata.

La passione per rossi e bianchi, fatalmente, lo rendeva l'ombra del grande professionista del passato.

Alla soglia dei sessant'anni non si aspettava più niente dalla vita e la morte della moglie, avvenuta qualche anno prima, lo aveva segnato profondamente. Da allora beveva, cercando di soffocare nell'alcool il dolore.

Anche l'aspetto fisico denunciava il suo disagio. La barba grigia ed incolta incorniciava un ovale dagli occhi spenti tra i quali sporgeva un naso gibboso, rosso e gonfio. Capelli spettinati ed unti, che abbinati ad abiti stropicciati gli conferivano un'aria da clochard.

"Peccato che si sia lasciato andare, era un ottimo professionista. Adesso chi crede più alle sue diagnosi? Mi gioco lo stipendio che sul referto scriverà 'decesso dovuto ad arresto cardiocircolatorio', come sempre".

Capurro aveva sussurrato nell'orecchio del commissario la sua perplessità circa l'utilità dell'ispezione cadaverica che il dottor Russo stava effettuando.

"È un atto dovuto, poi c'è solo lui e dobbiamo adeguarci".

Il medico, piazzatosi davanti al cadavere di Fulvio Pizzio, lo guardava fisso nelle pupille statiche, quasi volesse interrogarlo.

Per alcuni minuti tutto era rimasto immobile, sospeso nell'attesa del responso.

Il dottor Russo, distolto lo sguardo dal morto, aveva aperto una valigetta in cuoio estraendone un foglio di carta intestata.

Senza parlare, scrivendo dieci righe, dava atto che l'uomo era deceduto a causa di "arresto cardiocircolatorio a seguito di impiccagione".

Poi si era girato verso il commissario allungandogli il referto.

"Questo è tutto. Io andrei, se lei non ha più bisogno di me".

"Certo, vada pure".

Il dottor Russo era uscito dalla cantina portandosi dietro la sua alcolica malinconia.

"Che cosa le ho detto?".

Capurro non aveva resistito.

"Peppino, chi è il pubblico ministero di turno?".

"Mi sembra che sia la dottoressa Annalisa Paoletti".

"Ottimo. Appena fuori di qua la chiamo e le spiego la situazione. Nel frattempo non ci sbilanciamo e diamo per buona la versione del dottor Russo. Mi raccomando, che il sindaco non venga a conoscenza dell'esatta dinamica altrimenti non mi lascia più vivere. Ho bisogno di concordare una strategia con il magistrato e soprattutto mi interessa che l'assassino sia convinto di averla fatta franca".

"Non si preoccupi".

Appena usciti dalla cantina erano stati avvicinati da Cavalieri.

"Allora, che ne pensa?".

Scichilone evitava di guardarlo in faccia mentre rispondeva.

"Il medico legale ha fatto la sua diagnosi e noi ne prendiamo atto. Dica ai familiari che per i funerali dovranno aspettare qualche giorno. Il magistrato deciderà quando mettergli a disposizione la salma".

Il sindaco incalzava.

"Ma allora c'è qualcosa di più?".

Il commissario aveva spostato lo sguardo su quel viso da elfo curioso.

"È prassi, sindaco, solo prassi. Niente di più".

Il cadavere di Fulvio Pizzio era stato preso in carico dagli addetti delle pompe funebri, mentre Capurro repertava la fune, completa di nodo scorsoio.

Mentre scendevano a valle l'ispettore guidava piano, dando a Scichilone il tempo necessario per riflettere.

Stava elaborando quanto avrebbe detto al pubblico ministero.

Poi il commissario, preso il telefono cellulare, aveva composto il numero del magistrato.

"Pronto?".

"Buongiorno dottoressa, sono Scichilone".

"Buongiorno, commissario".

"La disturbo per il rinvenimento di un cadavere".

"Di che si tratta?".

"Uomo, italiano, sessant'anni, residente a Perinaldo. È stato rinvenuto appeso per il collo nella propria cantina. Quello che potrebbe apparire un suicidio, a parere nostro è in realtà un omicidio".

"Caspita! È certo? Il medico legale che dice?".

"Sì, per quanto concerne la prima domanda. Lasci perdere il medico legale: è venuto il dottor Russo, lei mi capisce…".

"Sì, capisco. Facciamo così: venga nel mio ufficio a mezzogiorno e mi spiegherà ogni cosa. Adesso non posso stare al telefono, mi aspettano in udienza e devo scappare".

"Certo dottoressa, sarò da lei alle dodici".

Giunti al bivio con l'Aurelia, Capurro aveva svoltato a sinistra in direzione Sanremo.

A Bordighera si era fermato e aveva parcheggiato, senza dare una spiegazione al superiore che comunque ne intuiva le intenzioni. Per un caffè non occorrevano troppe parole.

Scichilone era silenzioso.

Gli capitava spesso, dopo essere stato sul luogo di un decesso.

La morte lo lasciava sempre indifferente, anche se pensava che non fosse giusto morire in quel modo, magari dopo un'intera esistenza consumata in fretta.

Sempre proiettati alla ricerca di qualcosa, sempre di corsa.

La morte, spesso, presentava il conto all'improvviso senza dare il tempo di godere quanto costruito in una vita di lavoro.

Capurro rispettava i silenzi del commissario.

Dopo aver consumato i caffè, senza scambiare una parola, erano risaliti in auto.

"Peppino, grazie".

"Di cosa?".

"Grazie e basta".

Il tratto di Aurelia che collegava Bordighera a Sanremo correva lungo la costa seguendo il profilo di piccole insenature, arrampicandosi su capo Nero in un susseguirsi di curve.

Sui muri in pietra, che parevano sorreggere gli irti pendii di colline invase da troppo cemento, erano aggrappate bouganville fucsia a volte tanto fitte da sembrare stampate.

La cartolina era completata da un mare cobalto il cui orizzonte si fondeva con il colore del cielo dando un senso di infinito a chi, come Scichilone in quel momento, ne scrutava l'immensità.

"Il limite di questa regione è il sovraffollamento. Troppe case e tutte ammassate in riva al mare. Ormai da Ventimiglia ad Imperia si può dire, senza paura di essere smentito, è un'unica grande città. Ogni tanto appare un cartello che ti avvisa di essere entrato in un nuovo comune, ma in fondo non c'è soluzione di continuità. Non capisco la gente che si sposta da un centro all'altro nella speranza di trovarci chissà quale differenza. In fondo, sempre vie e palazzi sono".

Capurro conosceva bene il senso critico del commissario verso quel luogo che non sentiva suo.

A lui, invece, il ponente ligure non dispiaceva.

Poi c'era il mare che rappresentava il suo insostituibile punto di riferimento.

Al mattino appena sveglio ne valutava l'umore, il profumo, il colore.

Aveva imparato ad apprezzarne l'inquietudine e le spiagge sassose rubate ad un territorio che d'improvviso s'impennava.

Al contrario del suo superiore, Capurro non desiderava lasciare la Liguria. Si sentiva adottato da quella terra in cui erano nati i suoi figli.

"Che ne pensi, Peppino? Ho ragione?".

"Sì, dottore, avete ragione!".

Ogni tanto una bugia, se a fin di bene, era necessaria.

Capurro non voleva contraddirlo per non innescare un'inutile polemica.

Sapeva che Scichilone non avrebbe mai cambiato idea e lui neppure.

Sanremo li aveva ingoiati in fondo al rettilineo che costeggiava la ferrovia.

La città della canzone, dei fiori, del casinò, accoglieva il visitatore con indifferenza.

L'Aurelia tagliava a metà una fila di palazzi anonimi, dalle tinte sbiadite che in corso Imperatrice lasciavano il posto alle facciate austere degli alberghi a cinque stelle.

Poco prima del casinò, la chiesa russa, dalle cupole colorate, occupava un angolo delizioso in contrapposizione al teatro del Mare, un immenso, inutile scatolone voluto da un'amministrazione distratta, per ospitare non si capisce cosa.

Sarebbe scomparso a breve, ma intanto la costruzione offendeva lo sguardo di chiunque vi transitasse innanzi.

"È proprio una schifezza!".

Lapidario, Scichilone.

Mancavano cinque minuti a mezzogiorno quando varcavano la porta a vetri del palazzo di giustizia, un altro bidone di acciaio e cemento che però aveva avuto il buon senso di nascere tra l'ombra di palme centenarie, a rispettosa distanza dal mare, con quel tanto di pudore da passare quasi inosservato.

Al terzo piano c'erano arrivati percorrendo comode rampe di scale che comunque incidevano sul dinamismo di un sudato Capurro.

"Minchia, tre scalini sono e già senza fiato sei!".

"Dottore, lei è allenato, mentre io…".

"Ma quale allenato e allenato, il fatto è che tu mangi troppo e ti muovi poco".

"Non ho tempo. Il lavoro, la famiglia…".

"…i bucatini, la pizza, ma falla finita e mettiti a dieta!".

Il commissario, avvicinatosi alla porta della dottoressa Paoletti, prima di bussare aveva accostato delicatamente l'orecchio.

"Avanti".

"È permesso?".

"Prego, commissario, si accomodi".

Scichilone aveva percorso ad ampie falcate i pochi metri che separavano l'ingresso dell'ufficio dalle poltrone poste innanzi alla scrivania, sedendosi senza stringere la mano tesa del sostituto procuratore.

"Dunque, come le dicevo al telefono… oh, mi scusi, dottoressa, che figura. Buongiorno, come sta?".

Resosi conto della gaffe, aveva cercato di recuperare alzandosi e stringendo la mano della donna che lo scrutava senza muovere un muscolo.

"Buongiorno anche a lei, e a lei ispettore. Accomodatevi".

Il commissario, risedutosi come se non fosse accaduto nulla, aveva ripreso a parlare.

"Dunque, le dicevo che secondo me lo hanno ammazzato".

La dottoressa Paoletti, abbassata la montatura degli occhiali da vista sino all'estrema punta del naso sottile e rettilineo, reclinata leggermente la testa in avanti, incrociate le dita delle mani in una sorta di paziente preghiera, con le labbra aveva disegnato un sorriso ironico.

Scichilone, notando lo sguardo della donna, si era di nuovo interrotto.

"Ha ragione, le devo raccontare prima i fatti".

"Ecco, bravo".

Annalisa Paoletti, quarantadue anni, romana, si era rilassata appoggiando la schiena al tessuto morbido della poltrona.

Alta e slanciata, appariva ad un primo sguardo troppo magra: cinquantatré chilogrammi distribuiti su centosettantacinque centimetri, una chioma fluente di capelli ramati e dita affusolate da pianista.

Si preparava ad ascoltare il racconto del commissario con la curiosità di una praticante, anche se ormai aveva alle spalle un decennio di incarico come sostituto procuratore della Repubblica Italiana, che faceva di lei una veterana.

"Dunque c'è un paese, Perinaldo, il cui sindaco afferma di aver trovato un antico manoscritto contenente le indicazioni per trovare un tesoro.

Poi c'è una cena tra amici, undici persone in tutto, durante la quale lui parla dell'argomento.

Qualche giorno dopo, un ignoto ladro ruba questo diario ed il sindaco viene da me per denunciare il fatto, aggiungendo di temere per la propria vita poiché solo lui ed altri due, tra quelli presenti alla famosa cena, sarebbero in grado di decifrare le indicazioni per arrivare al tesoro. E che uno di questi è deceduto subito dopo il furto, in circostanze dubbie.

Tutto mi è sembrato molto fantasioso, ma oggi il sindaco mi ha chiamato per dirmi che anche l'altro suo amico è morto, apparentemente suicida.

Per puro scrupolo mi sono recato sul posto, a Perinaldo, e visto il cadavere mi sono reso conto che non si è trattato di suicidio, ma di omicidio".

"Perché pensa all'omicidio?".

"Il cadavere era ancora appeso per il collo ed a terra c'era una sedia. L'abbiamo sollevata, posizionandola sotto i piedi del morto, scoprendo che non toccavano la seduta ma c'erano venti centimetri abbondanti di luce. Poi le macchie ipostatiche erano presenti sulla schiena ma non sui piedi come di solito succede in questi casi. È chiaro che è stato ucciso in un altro modo".

"Il sindaco che tipo è?".

Il pubblico ministero sollevava perplessità sul primo cittadino di Perinaldo.

"Visto che erano solo tre in grado di risolvere il mistero e due sono morti, mi viene spontaneo pensare che il terzo abbia eliminato i concorrenti per appropriarsi del tesoro. Potrebbe aver simulato il furto del manoscritto per confondere un po' le acque".

Scichilone ascoltava con attenzione.

"Certo, tutto è possibile, ma il sindaco non mi sembra in grado di architettare un simile intrigo. Poi, se fosse lui il colpevole, perché venire da me a sollevare inutili polveroni?".

"Sì, certo, non avrebbe senso", concordava Annalisa Paoletti.

Nella stanza era sceso un silenzio interlocutorio.

La donna, con lo sguardo proiettato oltre la finestra che regalava un cielo azzurro frammentato dall'apice degli alberi delle numerose imbarcazioni ormeggiate a porto Sole, Scichilone intento ad attaccare con i denti le pellicine delle dita delle proprie mani e Capurro che continuava ad asciugare le copiose gocce di sudore che rigavano senza sosta le rotondità delle guance per poi perdersi tra le pieghe adipose del collo.

"Dunque, direi di fare un paio di cose: primo, mettiamo sotto controllo il telefono del sindaco; secondo, richiedo l'esame autoptico di questo morto... come ha detto che si chiama?".

"Pizzio, Fulvio Pizzio".

"...di Fulvio Pizzio; terzo, delego gli accertamenti sul primo morto, che si chiama?".

"Tullio Guglielmi".

"...Tullio Gugliemi; quarto, sentiamo a verbale tutti i partecipanti a quella famosa cena".

"Giusto un paio di cose", aveva replicato serio il commissario.

"Come dice?".

"Dicevo, quando iniziamo? Non vedo l'ora!".

13

"Fausto?".
"Sì?".
"Francesco".
"Ciao".
"Devo vederti. Ti voglio parlare di quella cosa".
"Quale cosa?".
"Quella... quella cosa, dai!".
"Del diario?".
"Eh".
"Dimmi".
"No, per telefono non voglio".
"Va bene, dove allora?".
"Vengo da te, subito".
"D'accordo, ti aspetto".

Il diagramma fonico, che per alcuni secondi aveva disegnato verdi onde acute sullo schermo piatto del computer, si era interrotto con il *clic* della cornetta che chiudeva la comunicazione.

Il sovrintendente Sciancalepore, riportata la freccia del mouse all'inizio della scansione e calzate le cuffie, aveva riascoltato il dialogo trascrivendolo integralmente.

Quella, evidenziata opportunamente in rosso, era la telefonata numero 65, la quinta di quel turno serale.

Di tutte le attività di polizia, le intercettazioni telefoniche rappresentavano ciò che lui preferiva.

In religioso silenzio scandagliava la vita di sospetti, vittime e testimoni.

Dopo lunghi periodi di ascolto diventava parte integrante delle famiglie degli intercettati, con i quali divideva i segreti più profondi, gioie, delusioni, sofferenze, amori, tradimenti.

Era il migliore, una sorta di voyeur autorizzato, che trasformava in prove le parole.

A volte, parlando, il telefono diventa una sorta di confessionale dove non è prevista alcuna assoluzione e l'interlocutore è unico, muto testimone.

Unico, se un traslatore non smistava monologhi, sospiri, pianti e risa al sovrintendente Sciancalepore che come una spugna assorbiva e registrava.

"Dottore?".

"Dimmi, Sciancalepore".

"Si incontrano".

"Chi?".

"Il sindaco ed un certo Fausto".

"Per fare che?".

"Per parlare della cosa".

"Di quale cosa?"

"Della cosa… del diario".

"Ah, grazie".

Il commissario Scichilone era seduto sul fondo sassoso della spiaggia della Marina.

Aveva parlato al telefono con Sciancalepore senza smettere di guardare il mare che veniva lentamente assorbito dal manto nero della notte.

La mente rivolta al profilo da elfo di un sindaco che forse nascondeva qualcosa.

Lo scricchiolio dei ciottoli che gemevano sotto i passi di qualcuno in avvicinamento lo aveva allontanato dal filo dei propri pensieri.

Non si era nemmeno voltato, perché l'odore forte dell'acqua di colonia tradiva l'identità dell'uomo.

L'ingombrante mole che gli scivolava a fianco si era lasciata cadere a terra con un sospiro profondo e lamentoso.

Per alcuni istanti i due uomini erano rimasti in silenzio.

Gli sguardi persi verso un punto indefinito dell'orizzonte ormai diventato poco più di un'illusione.

"A che stai pensando, Peppino?".

"Alla solitudine".

"Non male".

"Già".

"Ti senti solo?".

"Abbastanza".

"Hai litigato con tua moglie?".

"No, ci siamo ignorati".

"E i tuoi figli?".

"Non ci vediamo quasi più: io entro e loro escono. Casa mia è diventata una sorta di zona franca dove le regole non esistono, in cui ognuno fa quello che gli pare".

"Ne hai parlato a tua moglie?".

"Sì".

"E lei?".

"Nulla".

"Nulla?".

"Mi ha fatto parlare e poi non ha detto niente".

"Ah".

"E lei, dottore?".

"Io?".

"Sì, lei. Come si sente?".

"Non mi sento. Vivo il presente non pensando al futuro".

"Non è una grande prospettiva".

"Tu, Peppino, prima del matrimonio, pensavi al futuro?".

"Sì, ho sempre aspirato a qualcosa che mi regalasse soddisfazioni: l'amore, la famiglia, i figli...".

"E adesso?".

"Adesso... adesso mi sento solo".

"Ecco, appunto".

Due uomini, su una spiaggia, con lo sguardo perso nel silenzio di una notte nera, più scura del vuoto che avevano dentro.

14

Sulla pelle l'odore muschiato di un amore mercenario e nella memoria i giochi di Daniela da Salvador, Bahia.

"Facciamolo senza preservativo".

Daniela aveva occhi neri di mulatta ed un'infanzia trascorsa tra gli *allagados* di Bahia, con la fame di chi ha la sfortuna di nascere ultima di cinque fratelli.

La madre si prostituiva per pochi *reais* mentre il padre era perennemente innamorato della cachaça.

Era riuscita a scappare dall'inferno di un presente senza futuro per inseguire il sogno di una vita che si potesse definire tale.

Tutto era accaduto dopo la visita di Gabriela, la migliore amica di sua madre, che per un'ora intera aveva discusso con i suoi genitori.

Le voci non erano concitate, anzi piuttosto concilianti e Daniela non capiva perché si fossero chiusi, tutti e tre, in camera da letto.

Poi erano usciti e Gabriela, prendendola per mano, l'aveva portata via da quella casa, da Bahia, dal Brasile.

L'abbraccio di Milano era stato di nebbie autunnali, di cappotti e di riscaldamento nelle case.

Quella che credeva fosse una vacanza era presto diventata un incubo con il viso di molti uomini.

Alla fine aveva fatto l'abitudine all'acqua di colonia di frettolosi commessi viaggiatori, all'alito che sapeva di nicotina degli uomini d'affari, a quella vita di sesso senza amore.

In fondo era meglio lì che tra immondizia e topi grossi come gatti con i quali spartiva la cena.

Dopo un paio di anni era riuscita a liberarsi di Gabriela, diventando una libera professionista.

Cambiava spesso città, esercitando in appartamenti presi in affitto.

Sei, sette clienti al giorno erano sufficienti per garantirsi un'ottima entrata.

Cento euro a prestazione rappresentavano una tariffa equa rispetto alla sua giovane età, alla bellezza esotica di labbra carnose e curve seducenti.

Una regola su tutte: mai senza preservativo.

"Che, sei matto? Non esiste proprio!".

Avrebbe potuto obbligarla legandola con il laccio di cuoio utilizzato per uccidere Fulvio Pizzio, ma preferiva assecondarla. E se poi urlava e i vicini accorrevano in suo aiuto o piuttosto se arrivava la polizia?

"Come vuoi. Mi dispiace per te, non sai cosa ti perdi".

Daniela non lo ascoltava mentre gli consegnava un preservativo.

Dopo pochi movimenti sgraziati e convulsi era giunto il piacere, il suo, non quello di Daniela che, accompagnandolo alla porta, lo aveva salutato: "Sei stato grande…".

"Lo so". La replica dell'uomo era rimbalzata sull'anta, finta noce, della porta d'ingresso che inesorabilmente si chiudeva.

La notte, poi, lo aveva accolto con il suo silenzio.

Mentre camminava per le strade deserte di Ventimiglia pensava che era un periodo fortunato: aveva trovato il modo di guadagnare un sacco di soldi che gli permettevano di gioire delle attenzioni di Daniela.

Ricordava ancora la voce alle sue spalle: "Vuoi guadagnarti qualche spicciolo facile?".

Si era voltato guardando diritto negli occhi l'uomo giunto silenziosamente da dietro.

"Quanto?". Non gli interessava il tipo di lavoro, ma solo il profitto.

"Tanto, ma dipende da te".

Nello sguardo dello sconosciuto c'era qualcosa di inquietante, una specie di presagio.

L'istinto gli aveva suggerito di mandarlo al diavolo, ma non era nelle condizioni di farlo perché i soldi erano finiti da tempo e non aveva un lavoro.

"Quanto?".

"Diciamo diecimila euro".

"Cazzo, per una cifra del genere sono disposto anche ad ammazzare".

"Appunto".

Credeva che scherzasse, e invece era tutto vero.

Dopo due omicidi, i suoi conti non erano più in rosso, anzi ora era ricco e non gli importava nulla di essere diventato un assassino.

In fondo non li conosceva.

Era un killer, come quelli dei film: spietato e non aveva paura di nulla.

Il suo datore di lavoro sarebbe stata la sua prossima vittima.

No, non l'avrebbe ucciso: solo ricattato.

"Dopo questo, basta".

Credeva di scaricarlo con "dopo questo basta", come se niente fosse mai accaduto. E invece si sbagliava.

Sapeva tutto di lui perché lo aveva pedinato.

Gli aveva fatto recapitare la copia di una cassetta audio sulla quale erano registrati i loro dialoghi.

Gli sarebbe piaciuto vedere l'espressione del viso mentre leggeva la lettera che l'accompagnava.

L'avrebbe munto sino a quando gli faceva comodo.

Immerso com'era nei suoi pensieri, non aveva sentito il rombo del motore, né dolore, mentre il paraurti gli frantumava la spina dorsale, né le parole dell'uomo che gli stava sussurrando all'orecchio: "Non dovevi farlo. Non con me".

L'ultima immagine della sua vita era il ricordo di un amore mercenario che sapeva di Brasile.

Poi il buio.

15

Il silenzio della notte era stato aggredito dal suono acuto del telefono che, propagandosi nell'aria, rimbalzava tra pareti e soffitto per poi incunearsi nei padiglioni auricolari ed amplificarsi nel timpano, raggiungendo così la parte sensibile del cervello con l'effetto di una scarica elettrica.

Dopo aver realizzato che non si trattava della sveglia ma del telefono, la cosa più complicata per Scichilone era aprire gli occhi.

La sera prima, a cena, si era preparato una bella pasta con le sarde che aveva annegato con una generosa bottiglia di nero d'Avola, frutto di sapiente vinificazione.

La bontà dei vini siciliani era riconosciuta a livello internazionale, tanto da rappresentare uno dei trend positivi dell'economia isolana.

Le aziende vinicole, negli ultimi anni, erano aumentate in maniera esponenziale così come i loro guadagni.

In terre un tempo incolte, erano stati impiantati nuovi vigneti i cui frutti maturavano accarezzati dal sole mediterraneo e dall'aria che sapeva di mare.

Quei vini regalavano le stesse fragranze mentre lambivano i sensi, seducendo e possedendo come un'amante esperta.

Il rosso aveva vinto e confuso le idee.

I tratti gentili di Maria Assunta si erano materializzati nello scandaglio della memoria per poi diluirsi nel torpore alcolico del dopo cena, scivolando inevitabilmente nell'oblio del sonno che lo aveva sorpreso sul divano.

Quel suono ora gli stava rimbombando dentro, come succedeva da ragazzo quando la sveglia gli ricordava che doveva andare a scuola.

"Alzati, Vittorio, che se no fai tardi". La voce di sua madre era ancora più acuta e sovrastava l'allarme che puntualmente si innescava alle sei di ogni mattina, domenica esclusa.

Anche adesso gli pareva di sentirla, ma quello era solo un ricordo perché donna Rosa era a Palermo e lui a Ventimiglia.

Già, Ventimiglia.

Sarà stata la voce di sua madre o la consapevolezza di essere ancora in Liguria, oppure la necessità di porre fine alla tortura a spingere il commissario a rispondere.

Senza aprire gli occhi, con l'apparecchio telefonico appiccicato all'orecchio, gli era uscito una specie di rantolo: "Prorto?".

Dall'altra parte una voce acuta, forse più di quella della sua genitrice, gli era piombata addosso come una cacca di piccione che ti colpisce in testa: sgradevole.

"Mi scusasse signor commissario, ma qui è successo un casino. Lo hanno investito e poi sono scappati. Adesso lui è steso a terra, in mezzo all'Aurelia, e sul posto c'è la volante".

Se lo avessero colpito con una mazza gli avrebbero procurato sicuramente meno disturbo.

Gli occhi sempre chiusi ed alla testa un cerchio che lo attanagliava come una morsa.

"Come, come? Non ho capito nulla. Ti dispiace spiegarti meglio, Russo? Vai per gradi e comincia a dirmi le cose essenziali: dunque abbiamo un morto?".

Dall'altra parte silenzio.

"Allora, ci sei o ti sei addormentato?".

"Ci sono, è solo che stavo rileggendo gli appunti. Dunque, confermo che abbiamo un morto".

La nebbia dell'incoscienza stava lasciando spazio alla razionalità permettendogli di realizzare che erano le due della notte, che si trovava sul divano vestito come la sera precedente e che stava parlando al telefono con il centralinista del commissariato.

"Bene, è un buon inizio. Vai avanti".

"Il morto, non sappiamo ancora come si chiama, è un bianco ed è stato arrotato da una macchina pirata".

La massa cerebrale di Scichilone si era messa a lavorare e con fatica stava recuperando quel minimo di efficienza per poter impartire le giuste direttive.

"Ok, ok. Devi dire al capo pattuglia che faccia tutti i rilievi del caso, magari chiama anche la scientifica, il magistrato, le pompe funebri e tutto quello che occorre. Poi fa una bella annotazione che leggerò domani mattina. Mi sono spiegato?".

"Benissimo, dottore".

"'notte".

"Buonanotte, dottore".

La stanchezza aveva avuto immediatamente il sopravvento sulla mente che per un attimo, abbandonato l'abbraccio di Morfeo, si era catapultata in quel fatto di sangue.

Ancora una volta il confronto con la morte lo lasciava indifferente, frutto dell'abitudine e della routine.

Era un evento che lui giudicava come una sorta di passaggio da uno stato materiale a uno più etereo.

Non amava parlare di anima, preferendo l'espressione vibrazione.

Immaginava ogni essere vivente come una forma di energia che vibrava ad una certa frequenza, suscettibile di cambiamento in funzione delle scelte che in una vita si fanno.

Si può decidere di andare in una direzione piuttosto che in un'altra, consentendo così il cambio di frequenza.

Contestualmente, esisterà la vibrazione che avrà fatto la scelta opposta e quindi vivrà in una frequenza diversa.

I sogni trasmettono all'individuo la rappresentazione delle vite parallele che sta vivendo su frequenze diverse.

Il commissario si consolava con quella teoria, specie quando si ripeteva che in una frequenza diversa stava continuando a vivere il suo matrimonio con Maria Assunta, magari circondato da una tribù di bimbi rumorosi.

Spesso i suoi sogni erano caratterizzati da tale emozione.
"Le vibrazioni".

Immediatamente era scivolato nell'inconscio, alla ricerca di una frequenza migliore.

16

Era la prima volta che uccideva ma non provava nessuna emozione.

Quel piccolo verme voleva ricattarlo e questo non doveva succedere.

Aprendo la busta e leggendo il biglietto, scritto in un italiano approssimativo, la rabbia, ma soprattutto la paura si erano manifestate come un crampo allo stomaco.

Voleva altri diecimila euro, altrimenti avrebbe fatto una soffiata alla polizia.

In quelle poche righe c'era la sua rovina, il crollo di tutto ciò che aveva creato.

Immaginava l'onta che avrebbe travolto lui e la sua famiglia.

Era consapevole che se avesse pagato sarebbe finito in un vortice di ricatti senza fine ed allora aveva optato per la soluzione più drastica.

Il male doveva essere estirpato alla radice.

L'uomo che aveva ingaggiato per fare il lavoro sporco rappresentava l'unico ostacolo tra lui ed il tesoro di Perinaldo.

Fino a quel momento si era rivelato determinante per raggiungere certi risultati: in fondo gli aveva eliminato due potenziali concorrenti, e questo rappresentava un punto a suo vantaggio, ma adesso si era trasformato da artefice delle sue fortune a minaccia più che concreta.

Lo aveva seguito sino all'edificio dove era entrato, poi aveva atteso, paziente.

Sapeva che non abitava lì e quindi prima o poi sarebbe uscito.

Avrebbe aspettato il momento propizio per ucciderlo e per ciò si era portato la Beretta 7,65 che sentiva pulsare al suo fianco.

Il luogo ideale poteva essere il sentiero che dalla città vecchia si arrampicava verso Sealza, quello che lui avrebbe sicuramente imboccato per raggiungere la propria abitazione.

Dopo un'ora il suo uomo era uscito dal palazzo di cinque piani, uguale a una serie infinita di edifici che si affacciavano sull'Aurelia.

Sembrava rilassato, camminava a testa alta con le mani in tasca ed ogni tanto sorrideva.

Aveva lasciato che si allontanasse per tallonarlo con l'auto, ad una distanza tale da non insospettirlo.

Poi l'occasione che aspettava: il suo bersaglio si era spostato al centro della strada o quasi.

A quell'ora di notte Ventimiglia si trasformava in una città fantasma, dove le finestre delle case erano occhi spenti dietro i quali le persone russavano rumorosamente oppure facevano l'amore.

Aveva spinto sull'acceleratore pregando che lui, sentendo il rombo del motore, non si voltasse.

Cinquanta metri e la velocità del mezzo saliva.

Trenta metri e la sagoma del suo uomo diventava più grande sul parabrezza trasformatosi nello schermo di un videogame.

Dieci metri e il bersaglio non si era ancora spostato dalla linea d'impatto.

Collisione: un rumore sordo sulla parte anteriore, come quando si sbatte una porta.

Nessun lamento.

L'adrenalina scorreva a fiumi nelle vene e le mani erano due morse di acciaio intorno al volante.

Le nocche bianche per la stretta, gli occhi con le pupille dilatate come in preda ad un'overdose da stupefacente, il cuore in fibrillazione e due gocce di sudore che rigavano le tempie.

Si era fermato qualche metro più avanti.

Sul selciato il corpo inanimato dell'uomo, sulla strada nessuno.

Era sceso per controllare: gli occhi sbarrati della vittima, sui quali stava scendendo il velo freddo della morte.

Si era abbassato sino a sfiorargli l'orecchio: "Non dovevi farlo, non con me".

Poi, risalito in auto, si era allontanato.

Doveva fare ancora una cosa: recuperare la cassetta originale dove erano stati registrati i loro dialoghi.

Poteva nasconderla solo in un posto e lui sapeva dove.

17

Saranno state le sarde, il nero d'Avola, la telefonata alle due della notte, i sogni, ma quella mattina Schichilone si sentiva un vero straccio.

Non erano bastati due caffè per far decollare una giornata che si annunciava terribile.

Gli occhi gonfi sul fascicolo del morto che gli aveva interrotto gli eterei percorsi dell'inconscio.

Con fatica disumana, sollevata la copertina, fissava senza vederla la foto segnaletica che sovrastava una serie di verbali.

A poco a poco i contorni di un viso e del suo profilo prendevano forma trasformandosi in capelli, sopracciglia, occhi, naso e bocca.

"Sparamaneghi!".

Quell'immagine gli riportava alla mente le sevizie del sole di ferragosto, un costume fucsia e l'inseguimento ad un segaiolo esibizionista.

"Morto come un cane randagio: schiacciato da un auto".

Nei verbali era stata ricostruita la dinamica di un investimento senza testimoni.

"Era un delinquente, ma nessuno merita di morire in questo modo".

La voce dell'ispettore Capurro rimbombava tra le pareti beige dell'ufficio del commissario.

"Hai ragione, Peppino. I familiari sono stati avvisati?".

"Per quanto ne so, viveva da solo: nessuna moglie, né genitori o parenti".

"Ah. Comunque sia, manda un paio di agenti a casa sua e se non trovano nessuno, che chiedano ai vicini".

"D'accordo, mando una volante".

I pensieri di Schichilone seguivano il filo dei ricordi.

Aveva conosciuto Ignazio Castrovillari, in arte Sparamaneghi, durante le indagini sul killer degli spartiti musicali.

Le impronte di Castrovillari erano state trovate sul luogo di uno dei delitti e ciò lo aveva reso un sospetto. Poi tutto si sgonfiò: Sparamaneghi non era l'assassino, ma un guardone che si era andato ad infrattare nel posto sbagliato nel momento sbagliato.

Castrovillari rappresentava lo stereotipo della perversione, con l'aspetto da eterno adolescente e l'indole spiccatamente proiettata alla lussuria.

A Schichilone dolevano ancora i muscoli se ripensava all'inseguimento col pedalò che aveva fatto qualche tempo prima, quando quel segaiolo, dopo essersi esibito sul sentiero delle Calandre, si era lanciato in mare dalla scogliera per sfuggire alla polizia.

"Dottore?".

La voce di Capurro lo riportava alla realtà.

"Sì, Peppino?".

"Forse è meglio se facciamo un salto a casa di Sparamaneghi".

"Perché?".

"I ragazzi della volante dicono che c'è stata un'effrazione e qualcuno ha messo a soqquadro la casa".

"Furto?".

"Direi di no, dal momento che a terra sono sparsi parecchi biglietti da cinquanta euro".

"Strano".

La strada che collegava Ventimiglia a Seglia si arrampicava su un'erta di arenaria friabile, a picco sul mare, in cima alla quale si ergeva il castello dei Conti di Ventimiglia.

In realtà dell'antico maniero erano rimasti pochi ruderi ormai soffocati da rovi e sterpaglie.

Da quel punto si godeva di un panorama unico: da oriente ad occidente lo sguardo si perdeva nel colore del mare che sfumava dall'indaco al verde smeraldo.

Nelle mattine di marzo, quando il cielo era terso, all'orizzonte compariva magicamente il profilo della costa corsa, mentre a ponente le baie si inseguivano senza fine con promontori dalle rocce purpuree.

Castrovillari abitava in una casa indipendente, di piccole dimensioni, a piano unico, con pareti bianche su cui poggiava il tetto dai coppi rossi.

Adagiata su una terrazza, sostenuta da muri in pietra, era circondata da un giardino incolto attraversato da un sentiero di acciottolati che conduceva alla porta d'ingresso.

L'interno si componeva di due stanze, una adibita a cucina e una a camera da letto. Il bagno, esterno, si trovava sul retro.

Lo scarno e modesto arredamento era stato buttato all'aria, così come gli oggetti contenuti nei cassetti.

Sparsi sul pavimento, si notavano diversi biglietti da cinquanta euro.

"Escluderei il furto, altrimenti chi ha fatto questo si sarebbe preso il denaro".

Il commissario si era rivolto apparentemente a Capurro, anche se in realtà con quella frase esternava i propri pensieri.

"Ma se non volevano rubare, che cosa stavano cercando? E poi tutti questi soldi? Sparamaneghi non lavorava, vero?".

"Come dice, dottore?".

"Ho chiesto se il morto aveva un lavoro".

"No, non mi risulta".

Schichilone si era portato il pollice della mano destra alla bocca e lentamente, ma con decisione, aveva cominciato a morsicare le pellicine sino a sentire il sapore dolce del proprio sangue.

"Direi che è meglio effettuare un bel sopralluogo, Peppino. Ho la sensazione che Sparamaneghi potrebbe rivelarsi un'autentica sorpresa".

Uscito dalla casa, per lasciare campo all'ispettore, aveva acceso una sigaretta.

Il calore del fumo gli penetrava nei polmoni in prolungate

inspirazioni che gonfiavano la gabbia toracica sino a tendere i bottoni della camicia bianca, contrastante con il colore epatico di un'abbronzatura che stava sbiadendo.

"Prima lo stirano e poi gli perquisiscono la casa o prima fanno l'effrazione e poi lo ammazzano? Tutto ciò è molto strano".

"Dottore, venga un po' a vedere".

La voce di Capurro lo aveva sollevato dall'amletico dubbio.

Il commissario, rientrato nell'abitazione, si era diretto verso il suo collaboratore.

"Sotto la cucina a gas c'era una piastrella che ballava ed allora l'ho sollevata rinvenendo questa".

L'ispettore aveva allungato una mano mostrando un contenitore metallico color argento, di piccole dimensioni, di forma rettangolare, privo di serratura.

"Che aspetti? Aprila!".

All'interno c'era una micro-cassetta audio, senza nessun riferimento.

"Vuoi dire che stessero cercando questa?".

18

"Credo che sia il caso di convocare i partecipanti alla famosa cena".

"Quale cena?".

"Quella della rivelazione".

"La rivelazione?".

"Peppino, a volte mi chiedo se sono io ad esprimermi male o se sei tu che non mi capisci".

"Francamente...".

"Ispettore Capurro, pensaci bene prima di andare avanti".

"Come dice lei, dottore: sono io che non capisco, mi farebbe il piacere di ripetere?".

"Chiama il sindaco di Perinaldo e chiedigli i nomi di quelli che parteciparono alla cena in cui lui rivelò di essere in possesso del diario. Può essere che me li abbia già dati, ma in questo casino non trovo mai niente".

Il piano della scrivania era talmente coperto di giornali, fascicoli, appunti e carte varie da non lasciare nemmeno lo spazio per appoggiare una tazza di caffè.

"D'accordo. Che faccio poi, li convoco?".

"Vedi, quando vuoi mi capisci. Certo, a cominciare da subito, due al giorno".

Appena Capurro si era allontanato, il commissario aveva introdotto in un piccolo registratore la micro-cassetta rinvenuta a casa di Castrovillari.

La voce di un uomo si era materializzata al secondo giro di nastro.

"Bravo, hai fatto un bel lavoro. Tutto è andato secondo i piani?".

"Certo, come avevi detto tu".

A Scichilone faceva un certo effetto sentire la voce di Sparamaneghi.

"Bene. Dopo Tullio devi sistemare anche Fulvio".

"Fulvio?".

"Fulvio Pizzio".

"Chi sarebbe?".

"Chi è, non è importante. Quello che ti deve interessare è che a lavoro finito sono pronti altri diecimila euro. In questa busta troverai tutti i dettagli del tipo, compresa una foto. Ho messo anche la metà del compenso".

"D'accordo".

"Sarà l'ultimo lavoro, poi non ci incontreremo più".

La registrazione si concludeva con il fruscio di fondo e nient'altro.

Ascoltava e fumava, fissando un punto indefinito del muro che aveva di fronte.

"È stato davvero l'ultimo lavoro. Chi poteva mai immaginare che Sparamaneghi fosse un assassino, o meglio, un killer prezzolato? Sicuramente avrà tentato di ricattare il mandante, altrimenti perché registrare il dialogo? E questi lo avrà ucciso investendolo con la macchina. Poi l'assassino sarà andato a casa di Castrovillari ed avrà cercato, senza trovarla, la cassetta".

L'altra voce maschile non la conosceva.

Aveva riferito al magistrato, Annalisa Paoletti, del rinvenimento della cassetta, ma soprattutto del suo contenuto.

L'intera vicenda stava assumendo lo spessore di un vero rebus: il furto di un diario antico, tre morti apparentemente accidentali e scollegate tra loro, una cena di amici tra cui si celava uno spietato assassino.

Erano due le cose che dovevano essere fatte: convocare i potenziali sospetti, quelli della cena, e far riaprire il fascicolo relativo alla morte di Tullio Guglielmi rubricandolo come omicidio.

19

"Come ha detto, dottoressa?".

"Il dottor Luca Adani eseguirà l'autopsia sul cadavere di Fulvio Pizzio, mentre l'ingegnere Alberto Fioravanti farà la perizia sul trattore di Tullio Guglielmi: sono due ottimi professionisti".

"Non ho dubbi, li conosco personalmente".

Chiusa la comunicazione telefonica con il magistrato, Scichilone aveva ripreso la cornetta in mano per comporre un numero telefonico.

Al terzo squillo, la risposta.

"Pronto?".

"Luca, amico mio!".

"Ciao, Vittorio. Mi aspettavo una tua telefonata. Ho appena ricevuto da parte del pubblico ministero il fax con l'incarico per l'autopsia di Pizzio. È il caso che ci incontriamo prima che la esegua. Hai le foto del sopralluogo, vero?".

"Come sempre. Quando hai intenzione di iniziare?".

"Che ne dici se venissi domani?".

"Perfetto".

"Ok, ci vediamo domani, alle dieci in valle Armea".

"D'accordo, a domani. Ciao, Luca".

Il cimitero di valle Armea non era il massimo quale luogo per un appuntamento, ma la sala autoptica si trovava lì e quindi il commissario Scichilone non aveva scelta.

L'austero cancello in ferro battuto veniva aperto ogni giorno, alle otto del mattino per essere richiuso alle diciassette.

Un ampio viale asfaltato divideva l'area in due settori, a loro volta frazionati in tanti piccoli lotti da sentieri di ghiaia.

"Dai Luca, arriva, che 'sto silenzio mi mette l'ansia".

Il commissario non aveva ancora finito di proferire la frase che una Fiat Duetto di colore grigio entrava nel cimitero.

"Luca!".

"Ciao, Vittorio. Ci vediamo solo per i morti?".

"Hai ragione, prima o poi vengo a Pavia per farti visita. Sai, il lavoro mi avviluppa a tal punto…".

"Stronzate! Tu dici di lavorare come un folle, ma in realtà io credo che la ragione vera siano le donne".

"Donne? Non toccare questo tasto dolente, che mi deprimo".

"Scherzavo. Iniziamo?".

Luca Adani non dimostrava i trentacinque anni anagrafici. Il viso, giovanile, era quello di un universitario ai primi anni di studi, e gli occhiali dalla montatura esile con le lenti rotonde rendevano in pieno la sensazione di trovarsi di fronte ad un laureando.

Lo sguardo era attento, il sorriso franco, la fronte alta sotto i radi capelli castani. Il fisico era minuto, esile.

"Ma sei dimagrito?".

"Un po'. Saranno le nuove responsabilità, sai, mia moglie aspetta un bambino".

"Auguri, Luca, sono veramente felice per voi. Maschio o femmina?".

"Maschio. Lo chiameremo Cesare".

"Grande".

Il cadavere di Fulvio Pizzio era adagiato sul tavolo autoptico di marmo bianco che occupava il centro di una piccola stanza quadrata scarsamente illuminata, dal cui soffitto scendeva la cappa aspirante.

"Come al solito l'aspiratore non funziona. Quando si decideranno a costruire qualcosa di attuale, magari all'ospedale di Sanremo? Questa sala avrà come minimo quarant'anni, e li dimostra tutti".

Il medico legale si era messo subito all'opera e dopo qualche minuto di competente e silenziosa verifica aveva sollevato la testa verso il poliziotto.

"Avevi ragione tu: non è morto per impiccagione. L'hanno ammazzato strozzandolo con un laccio. Vedi il solco? È orizzontale, mentre negli impiccati è obliquo.

La sospensione gli ha provocato solo qualche escoriazione post mortem da cui non è uscita una goccia di sangue. Vedi qui?".

"Questo conferma la nostra tesi, ma non ci rivela il nome dell'assassino".

Mentre il dottore ultimava la perizia, il commissario era uscito dalla sala per fumare l'ennesima sigaretta.

I suoi pensieri si rivolgevano ad un piccolo uomo, con sembianze di un elfo, che aveva innescato tutto ciò solo per essere venuto in possesso di un antico manoscritto.

"Che sia veramente un dispettoso folletto delle foreste?".

L'ennesima tirata era coincisa con il suono acuto del telefono cellulare.

"Sì?".

"Sono Capurro".

"Dimmi".

"Abbiamo finito la perizia sul trattore di Tullio Gugliemi".

"Allora?".

"I freni sono stati manomessi ed il trattore si è rovesciato finendo oltre una fascia, uccidendo il guidatore".

"Bene, cioè male... beh, hai capito. Da domani, due al giorno, li voglio nel mio ufficio".

"Chi?".

"I compagni di merende, quelli che hanno partecipato alla cena a casa del sindaco".

"D'accordo".

L'assassino di Guglielmi e Pizzio era morto, ucciso dal mandante, uno tra quelli che avrebbe incontrato nei prossimi giorni.

Cosa poteva tradirlo?

L'avrebbe scoperto osservandone l'espressione del viso, forse da un gesto, dall'incertezza della voce. Comunque si sarebbe fidato del proprio istinto.

20

La sedia era di legno, con la seduta leggermente inclinata in avanti: scomoda al punto da costringere chi la utilizzava a cambiare posizione ogni trenta secondi, pena lancinanti dolori alla muscolatura degli arti inferiori.

"Devono essere scomodi, così la stanchezza li rende meno lucidi ed io li fotto".

Fausto Arnaldi era stato convocato per primo.

Il migliore amico del sindaco, quello che sentiva e vedeva più spesso.

Dalle intercettazioni telefoniche emergeva che si incontravano per parlare "di quella cosa", del diario, e durante gli appostamenti si intuiva, dai loro gesti quasi isterici, che l'argomento era scottante.

Aveva percorso velocemente i pochi metri che separavano la porta d'ingresso all'ufficio di Scichilone e si era seduto sulla sedia di legno senza salutare.

Il commissario non gli aveva rivolto la parola, osservandolo in silenzio e mordendosi la parte interna della guancia destra.

Arnaldi manteneva la schiena dritta, con le gambe serrate sulle cui cosce appoggiava i palmi delle mani facendole scivolare sul fustagno verde militare dei pantaloni

Guardava ovunque tranne colui che aveva di fronte, mentre il sudore gli imperlava la pelata che brillava alla luce bianca dei neon.

Sotto gli occhiali, le cui lenti rotonde gli conferivano un aspetto da docente universitario, si muovevano rapidi occhi castano scuro.

La pelle del viso, di un pallore cadaverico, era cadente all'altezza delle gote che chiudevano una bocca dalle labbra sottili.

I cinquantacinque anni erano ampiamente dimostrati ed Arnaldi non faceva nulla per nasconderli.

Schichilone diffidava delle persone con le labbra sottili, "sanno di perfidia", e quando ne incontrava una faceva di tutto per dimostrargli la propria ostilità.

"Lei si chiama Arnaldi, vero?".

"Fausto Arnaldi, per l'esattezza".

"Bene. Lei non mi piace, Arnaldi".

"Nemmeno lei, commissario, e non capisco che cosa voglia da me".

"Davvero non capisce?".

"No".

"Partiamo dall'inizio: ha partecipato ad una cena, a casa del sindaco di Perinaldo, in cui avete parlato della scoperta di un diario?".

"A che servirebbe negarlo, visto che lo sa già?".

Non gli piaceva.

"Bene. Lo sa che subito dopo il diario è stato rubato?".

"No, lo sento adesso da lei".

"È sicuro che Francesco Cavalieri non le abbia confidato del furto?".

"Sicurissimo".

Proferendo la frase aveva guardato, per la prima volta, il viso del commissario, stringendo leggermente gli occhi.

Schichilone sapeva che stava mentendo. Non gli piaceva.

"Dove si trovava giovedì notte, tra le ventuno e mezzanotte?"

"Perché lo vuole sapere, sono accusato di qualcosa?"

"Lei risponda e poi vedremo se potrò accusarla di qualcosa".

"Ero a casa, come sempre".

"C'è qualcuno che lo può confermare?".

"Nessuno, vivo da solo. È un problema?".

"Forse".

"Allora, sappia che da questo momento voglio chiamare il mio avvocato e risponderò solo quando lui sarà qui".

"Diciamo che per adesso ho finito, ma stia sicuro che ci sentiremo ancora".

Arnaldi, alzatosi di scatto, era uscito dall'ufficio senza salutare.

"Peppino, hai visto che personaggio?".

"Un vero osso duro".

"Ma che duro e duro, quello si stava cacando sotto. Sudava, era molto nervoso".

"Perché avrà mentito sul fatto del diario?".

"Non capisco, ma non mi piace".

Davanti alla porta dell'ufficio di Scichilone, si era materializzata la figura molliccia di Rodolfo Martini.

Con il fazzoletto cercava di tamponare i rivoli di sudore che seguivano le curve abbondanti del viso rotondo, sul quale si era trasferito il colore purpureo della camicia.

La mole adiposa tradiva una dieta disordinata nella quale carboidrati e grassi erano ospiti graditi.

Il naso, piccolo, era risucchiato dalle gote come il picciolo di una golden, mentre gli occhi vispi e cerulei si muovevano saettanti in cerca di risposte.

Quando Arnaldi era uscito si erano ignorati, come se non si conoscessero, con gli sguardi persi tra pavimento e soffitto.

Era arrivato puntuale, come sua abitudine.

Preciso, meticoloso, scontato, lo stereotipo del commercialista modello per il quale i numeri rappresentavano sequenze perfette di vite produttive.

In fondo ogni essere umano, sin dal concepimento, viene catalogato e riconosciuto, ancor prima che dal nome, da una serie di cifre.

I giorni di ritardo mestruale, le settimane di gestazione, la lunghezza del femore, il peso alla nascita, i voti a scuola, il primo della classe, la maggiore età, il conto in banca, le cazzate che si commettono in un'esistenza.

Rodolfo Martini giudicava le persone dai loro numeri, specie se riferiti al patrimonio.

L'immagine che trasmetteva di se stesso era quella dell'opulenza, del benessere.

In una statistica immaginaria sono di gran lunga in vantaggio i ricchi grassi sui poveri grassi.

Viveva in una grande casa, appoggiata alla curva di Latte, in faccia al mare, tra palme centenarie, oleandri sempre in fiore e banani che producevano frutti migliori di quelli provenienti dalla Costa d'Avorio.

Amava circondarsi di ogni comodità che non costasse più del giusto, di pochi amici fidati e delle sue tre figlie Amanda, Elisa e Virginia.

Di sua moglie avrebbe fatto anche a meno, se non fosse stato per l'importanza della famiglia da cui discendeva, particolare che gli aveva spalancato le porte della buona società.

Donna Matilde Allavena, discendente diretta dei conti di Ventimiglia, erede di quella sbiadita nobiltà che tra le strade trafficate della città non contava nulla ma che garantiva l'accesso ai salotti più esclusivi della Costa Azzurra.

Dormivano in camere separate da quando era nata Virginia, diciotto anni prima, e tra loro esistevano solo aridi dialoghi fatti di numeri: date di ricevimenti, conti da pagare, parcelle da incassare.

Numeri, gli stessi che stava osservando sul quadrante del Rolex da diecimila euro che portava al polso sinistro, chiuso sopra la manica della camicia.

La voce profonda di un poliziotto in borghese, che per mole era la sua immagine speculare, l'aveva sciolto dall'agonica attesa.

"Permesso?".

Con un filo di voce si era introdotto nell'ufficio del Commissario Scichilone che in quel momento, in piedi di fronte alla finestra spalancata, seguiva il percorso muto dei propri pensieri.

Sapeva che Arnaldi aveva mentito, specie negando di non essere a conoscenza del furto del diario.

In quella fase non poteva ancora contestargli nulla, non doveva rivelare le strategie di indagine che, comunque, sino a quel momento si erano rivelate del tutto inconcludenti.

C'erano tre morti e tra questi l'assassino dei primi due.

Il furto di un diario antico intorno al quale ruotavano gli interessi di un oscuro mandante.

Un sindaco, vittima e sospetto al tempo stesso.

Una cassetta con gli accordi tra carnefici.

Un poliziotto con tanti dubbi e poche certezze.

Forse una l'aveva: la voce dell'uomo che dialogava con Sparamaneghi non apparteneva a Fausto Arnaldi.

Martini si era fermato a metà della stanza, in attesa che Scichilone si voltasse.

Ne osservava le spalle larghe, la testa calva, le braccia conserte ed il movimento ondulatorio del tronco.

Il silenzio era irreale ed in quella stanza non c'erano numeri che potessero confortare il commercialista.

Nessun orologio né calendario: doveva accontentarsi di enumerare quattro mura, due finestre, una scrivania, una poltrona da tavolo, un divano, due poltrone, una sedia di legno ed un uomo che adesso si era voltato verso di lui e l'osservava cupo.

Lo sguardo del poliziotto lo metteva a disagio, si sentiva nudo e non riusciva a sostenerlo. Scichilone se ne era reso conto, approfittandone immediatamente.

"Sta sudando, è nervoso. Ha paura?".

"Non capisco...".

"Si aspettava, forse, una domanda diversa? Qualcosa del tipo 'Mi dica dove si trovava ieri sera tra le sedici e le diciassette'?".

"No, io... non mi aspettavo nulla".

Sudore e fazzoletto che tamponava, cuore che accelerava: quanti battiti al minuto?

Rodolfo Martini si stava sciogliendo per la tensione, mentre una specie di crampo gli sollecitava i succhi gastrici, pungolando le pareti dello stomaco che faceva sentire il proprio lamento.

In momenti come quello il commercialista, potendo, avrebbe ingerito cibo a volontà, come la caldaia di un locomotore a vapore che brucia palate di carbone.

Anche lui sbuffava, ma era un modo di scaricare la tensione.

"Che fa, sbuffa?".

Scichilone non gli dava tregua.

"Immagino si stia chiedendo che cosa voglio sapere. Ebbene: nulla, da lei non voglio sapere nulla, perché credo di sapere già abbastanza".

"Allora posso andare?".

"Non ancora. Mi dica, lei ha la patente, guida la macchina?".

"Sì, sì, guido".

"E che autovettura possiede?".

"Un fuoristrada, un Pajero".

"Un Pajero? Ah, bene, bene. Adesso può andare".

Il commercialista si era alzato, lasciando sulla sedia l'impronta umida dei glutei che appariva come un sorriso di sollievo.

"Arrivederci".

Rodolfo Martini si allontanava con andatura dondolante come quella di ippopotamo che sente il richiamo dell'acqua.

Il commissario, come in occasione dell'incontro con Arnaldi, aveva interrotto la registrazione del dialogo pigiando un tasto del registratore posto sotto il piano della scrivania.

Scichilone e Capurro, rimasti soli, si guardavano come i complici di una rapina, ma nessuno dei due era disposto a parlare per primo.

A volte la verità è talmente semplice che quando la incontri stenti a riconoscerla, poiché l'uomo è affascinato solo dalle cose difficili. Chissà perché ci s'immagina che un crimine debba essere per forza complicato.

Strategie, inganni, ordinarie follie dell'irrazionalità.

Invece, non di rado un delitto è la semplice azione di una persona comune che decide di infrangere, volontariamente e consapevolmente, le regole.

Schichilone si muoveva lentamente, seguendo il perimetro della stanza senza mai staccare gli occhi da quelli di Capurro che, invece, rimaneva immobile al centro e ruotava su sé stesso seguendo il percorso del commissario.

I pensieri di Schichilone correvano veloci e tutto ciò che fino ad un attimo prima poteva apparire nebuloso appariva di colpo chiaro.

La soluzione si era presentata all'improvviso ed inaspettata, al punto che aveva paralizzato le voci dei due poliziotti.

"Minchia, è lui!".

L'indugio era stato rotto dal commissario che, raggiunta la scrivania, aveva poggiato i pugni sul piano sussurrando: "È lui".

Riavvolto il nastro, aveva pigiato il tasto di avvio del registratore consentendo alla voce di Rodolfo Martini di diffondersi nell'ambiente.

Ora assassino e mandante avevano anche un volto. Quello di Sparamaneghi, che non avrebbe più rivisto, e quello di Rodolfo Martini, mandante ed assassino a sua volta.

"Mi scusi, dottore, ma perché lo ha lasciato andare?".

"La nostra è una teoria: abbiamo una voce registrata e nulla più. Dobbiamo provare che sia la sua".

"Certo, ha ragione, ma adesso anche lui sa che gli stiamo addosso e potrebbe filarsela".

"Lui sa solo che stiamo facendo indagini sul furto del diario, non immagina che abbiamo scoperto l'inganno del decesso di Guglielmi e Pizzio".

Schichilone, afferrato il telefono, aveva composto a memoria il numero di Annalisa Paoletti.

Al terzo squillo la voce del magistrato era rimbalzata al timpano del commissario con un suono acuto e affrettato.

"Sì, pronto?".

"Sono il commissario Schichilone".

"Dica, ma faccia in fretta che sono occupata, sto interrogando".

"Allora la lascio lavorare, le anticipo solo che abbiamo grosse novità e domani mattina sarò da lei per illustrargliele".

"Va bene, ma venga dopo le undici che prima ho udienza".

Magistrati affaccendati che hanno minuti contati, poliziotti che devono segnare il passo.

"Che ha detto?".

"Domani, dopo le undici".

"Ah".

"Peppino, fai in modo che Martini venga seguito discretamente. Voglio sapere dove va, chi incontra, cosa mangia, quando caga. Sono stato chiaro?".

"Chiarissimo, dottore".

Lo Swatch che portava al polso segnava le due meno dieci: la giornata poteva essere ancora lunga, ma Schichilone aveva deciso che il lavoro, i testimoni, i sospetti e la polizia potevano aspettare.

Voleva uscire di lì e di tuffarsi in strada, tra la gente, per sentirsi normale.

Mentre spegneva la luce dell'ufficio si chiedeva se un poliziotto potesse ritenersi una persona comune.

Era giunto alla conclusione che non poteva essere così, perché sbirri si nasce e lui lo sarebbe stato per sempre.

21

Certo, un supermercato non era il posto migliore per scaricare la tensione accumulata, ma anche lui doveva pur mangiare.

Spingere un carrello, aggirarsi tra scaffali stipati di merce, scegliere tra un detersivo che prometteva bianchi incomparabili ed un altro che strabiliava con morbidezze dai profumi di bosco era un'emozione che si concedeva ogni tanto quando, aprendo il frigo, scopriva che l'unica cosa commestibile erano i cubetti di ghiaccio.

Acquistava i prodotti a casaccio, senza paragonare i prezzi, sull'onda emotiva di una pubblicità vista in televisione.

I cibi che preferiva erano quelli surgelati, quelli precotti, che bastava buttare nel microonde, attendere il tempo di aprire una birra e poi consumare senza fare troppo caso alla qualità.

Conduceva una vita da single che prima di essere tale era stato sposato e che nel matrimonio aveva riposto ogni aspettativa, compresa quella di non dover badare alla casa, alla cena, al bucato, alla spesa.

Il problema iniziale consisteva nel fatto di non essere preparato ad affrontare tutto ciò, e trovandosi improvvisamente a gestire da solo la sua vita aveva patito le pene dell'inferno.

La lavatrice gli era apparsa subito come una macchina da guerra: un tank che custodiva gelosamente i propri segreti, ai quali si poteva accedere solo decodificando ghiere e tasti colorati.

Dopo diverse schermaglie, dalle quali aveva ricavato maglioni infeltriti e camicie che cambiavano colore, si era arreso ed aveva optato per la lavanderia.

In un solo istante era riuscito ad eliminare gli approcci con il terribile elettrodomestico e quelli col ferro da stiro, artefice di tatuaggi indelebili sugli indumenti e sulle mani di Scichilone.

Per le pulizie si affidava ad una vicina, la buona Delfina, che due volte a settimana si presentava alla porta armata di scopa, spazzole e stracci.

Le ricordava la protagonista di una pubblicità che affermava di iniziare presto e di finire ancora prima.

Aveva braccia robuste, il viso rubicondo, la testa perennemente fasciata da un foulard azzurro e la voce squillante.

Ogni volta gli ripeteva sempre la solita litania: "Dovrebbe trovarsi una brava donna, di quelle che stanno a casa, che sanno cucinare, lavare, stirare e fare figli. Altro che surgelati!".

Una donna, certo gli sarebbe piaciuto ed aveva anche provato, ma non si poteva ingannare il proprio destino.

La visita ai supermercati era anche l'occasione per guardarsi intorno, cercando di fare nuove conoscenze, meglio se di sesso femminile.

Si era creato una sorta di codice etico: possibilmente non coniugata, non faceva differenza se nubile, separata o divorziata; tra i trenta e i trentacinque anni; bella, ma non bellissima, interessante; non volgare, ma discreta; non gli importava se mora o bionda, doveva essere soprattutto femmina.

Osservava, attento, tutte quelle che rientravano nei parametri. Si avvicinava con l'indifferenza di un felino sazio ed intanto buttava l'occhio all'anulare sinistro. A volte, per catturare l'attenzione della potenziale preda, simulava un incidente di percorso facendo cozzare i due carrelli.

Era lì che sfoggiava l'arte del corteggiamento più subdolo, con scuse e totale assunzione di responsabilità: "Sa, l'inesperienza del single...".

Fino ad allora, dieci incidenti e nessuna cattura.

Forse doveva cambiare tattica.

Poi, passato davanti ad uno dei tanti specchi affissi sulle colonne in cemento armato che sostenevano un tetto immenso, si era fermato ad osservare l'immagine riflessa di un uomo che somigliava più ad uno scaricatore di porto che ad un latin lover.

Gli veniva in mente una battuta di un film di Woody Allen in cui il protagonista, di fronte alla rivelazione della moglie che gli comunicava di amare un altro uomo, evidenziava disperatamente che se in fondo al rivale toglieva la giovane età, la bellezza fisica, l'ottimo lavoro, il ricco conto in banca e quant'altro, cosa rimaneva? E la moglie, lapidaria, rispondeva un "tu" che sapeva di sconfitta.

Nel suo caso era la stessa cosa: più si guardava e più si rendeva conto di non avere il *physique du rôle* per recitare la parte del conquistatore e che ogni gesto rischiava di gettarlo nel ridicolo.

Aveva deciso di smetterla con i finti incidenti che, alla lunga, potevano anche essere notati dai dipendenti del supermercato.

Cazzate.

Da circa venti minuti girava con il carrello vuoto.

Stava per fuggire alla sentenza impietosa dell'ennesimo specchio quando, all'altezza delle natiche, aveva sentito la spinta audace di un altro carrello.

Si era girato e ne aveva seguito il profilo metallico, alla cui estremità opposta era agganciata una creatura semplicemente celestiale, almeno così a lui pareva.

Un palmo più alta di lui, capelli corvini lisci e lunghi oltre le spalle, divisi da una riga netta al centro della testa su cui era disegnato un ovale perfetto. Gli occhi, dal taglio orientale, erano divisi da un naso delicato che sfiorava le labbra sottili, in quel momento aperte sulla vocale della sorpresa.

"Oh, mi scusi, davvero mi scusi, ero distratta".

A Schichilone non piacevano quelli con le labbra sottili, ma in quel momento aveva cambiato gusti: quella bocca gli piaceva molto.

"Non si preoccupi, anzi, sono io quello che è in mezzo, ad intralciare. Sa, mi sono visto riflesso nello specchio e non ho resistito a tanta bellezza".

La ragazza, sui trent'anni, era scoppiata a ridere.

Scichilone, dal canto suo, aveva sfoderato un sorriso a trentadue denti allungando immediatamente la mano: "Io sono Vittorio, e tu?".

Era passato subito al tono confidenziale, senza lasciarle la possibilità di scelta.

"Veronica, piacere".

Scichilone non avrebbe voluto lasciarle la mano, dalla pelle vellutata, fresca ed asciutta, contrariamente alla sua, perennemente sudata.

La stava guardando come fosse un'apparizione, con lo sguardo inebetito e la bocca leggermente aperta.

"Oh, scusa, non volevo tenermela".

Altra risata.

Il commissario la trovava bellissima.

Il silenzio era riempito dagli sguardi imbarazzati di due persone che non hanno nulla da aggiungere.

"Che fai qui?".

Che schifo di domanda, ma ormai l'aveva sparata e non poteva certo rimangiarsela.

"Un po' di spesa, come d'altronde credo faccia tu".

Elegante e discreta, non gli aveva fatto pesare l'uscita infelice.

"Certo, certo, anch'io faccio la spesa, ma adesso mi è passata la fantasia. Ho deciso che rimando tutto a domani e stasera mi regalo un bella pizza".

Scichilone era passato all'attacco e la mossa successiva sarebbe dipesa da quello che avrebbe espresso lei.

Se avesse glissato: in bianco; se fosse stata interlocutoria: avrebbe rilanciato.

"Adoro la pizza, è il piatto che preferisco".

Rilancio e veduta.

"Che ne dici di approfondire la nostra conoscenza davanti al tuo piatto preferito?".

"Capperi, sei diretto!".

"È la mia tecnica: le donne le conquisto soprattutto a tavola".

"E vada per la pizza".
"Stasera?".
"Ok, dove?".
"Conosci la pizzeria Pulcinella a Ventimiglia?".
"No, ma la troverò".
"Alle ventuno?".
"Alle ventuno".
Il commissario, rimasto aggrappato al proprio carrello, seguiva la scia profumata di quella visione che stava per essere risucchiata dal dedalo degli scaffali.
"Minchia".
Si era poi rivolto all'immagine dello specchio cercando nel proprio viso qualcosa che avesse colpito Veronica, senza trovarvi nulla.

22

Doveva stupirla.
Doveva stupirsi.
Un po' stupito lo era già, dal momento che aveva rimorchiato una tipa niente male.
Stentava a credere che fosse successo veramente, anche perché non era mai stato un conquistatore, anzi.
Negli approcci era una frana e se pensava alle donne avute si rendeva conto che erano sempre state loro a sedurlo.
Timidezza.
Abbigliamento impegnato o casual? Non sapeva decidersi.
Infine aveva optato per jeans e camicia bianca.
Si sentiva leggero mentre scendeva le scale, lasciandosi alle spalle l'ufficio, le indagini ed una scia di Acqua di Giò.
La pizzeria non era lontana ma gli pareva di non arrivare mai, tanta era la frenesia. L'adrenalina scorreva veloce nelle vene ripartendosi equamente tra cervello e genitali.
Era sicuro che sarebbe stata una serata speciale, d'altronde aveva accettato subito l'invito e quindi non potevano esserci dubbi: l'avrebbe stupita.
Appena girato l'angolo che da via Roma immetteva in via Bligny, gli era apparsa in tutto il suo splendore.
Lo stava aspettando, in piedi, a pochi metri dal locale, mentre quattro adolescenti avevano abbandonato il cibo per perdersi nelle curve del suo corpo.
Infilata in un vestito di lino bianco, avvolta in uno scialle rosso passione, mentre i capelli fluenti si spandevano sulle spalle: praticamente una visione.
Sapeva di non sognare e di non essere nemmeno a Lourdes.
Quella femmina era lì per lui.

"Ciao, aspetti qualcuno?".

Girandosi lo aveva fissato con occhi di un nero intenso che parevano risucchiarlo come una supernova che esplode.

"Ciao, Vittorio, credevo mi avessi dato buca".

"Buca chi, io? Impossibile".

Le parole erano finite e Scichilone l'aveva invitata a sedere.

Provava una sensazione antica, perdendosi nei racconti di lei mentre la pizza si raffreddava nel piatto.

Aveva così scoperto che era nata a Milano trentaquattro anni prima, viveva a New York, era laureata in antropologia e in quel momento si trovava a Sanremo per un seminario sull'uomo dei Balzi Rossi.

Il commissario stava vivendo una specie di trance e forse gli aveva anche spiegato chi fosse 'sto tizio, ma a fine serata proprio non lo ricordava.

Da parte sua non aveva detto un gran che, preferendo ascoltarla, seguendo il movimento delle labbra, quello della lingua e delle mani dalle dita lunghe e delicate.

Quando poi lei aveva chiesto: "Facciamo due passi?", lui si era precipitato a pagare il conto.

Giovanni lo scrutava senza nascondere l'invidia: "Bella preda, dottore".

"Stasera le faccio male, Giovanni. Erano anni che aspettavo una serata così, e adesso è arrivata".

"Ma chi è?".

"Un'antropologa: Veronica. È qui per studiare un tale che, qualche anno fa, ha abitato ai Balzi Rossi".

"E chi sarebbe?".

"Non l'ho capito ma non mi interessa, mi capisci?".

"Capisco".

"Beh, io vado".

"Allora buona caccia, dottore".

"Fanculo, Giovanni, non si dice buona caccia, porta male".

"Capisco".

Era solo un luogo comune, anche perché lei, mentre vagabondavano sulla passeggiata a mare, aveva cominciato a fargli domande personali che apparivano disinteressate ma che in ultimo non lasciavano spazio a dubbi su chi conducesse il gioco.

"Me lo offriresti un caffè, magari a casa tua?".

Credeva di essere il cacciatore, non la preda.

"Certo, sì, certamente".

A quel punto era diventato silenzioso mentre elaborava strategie alle quali non aveva pensato.

L'avrebbe subito sdraiata sul divano oppure assediata con una corte da gentiluomo vecchio stile?

Anche in questo caso ogni dubbio era stato spazzato via quando, chiusa la porta del suo appartamento, si era trovato con la schiena appoggiata al muro del corridoio e nella bocca la lingua di lei che lo scavava con avidità.

Ogni più rosea previsione si stava realizzando ed ora che la stava vivendo si sentiva impreparato.

Nessuna scelta, quando lei lo aveva preso per mano e trascinato in camera da letto.

Avrebbe voluto spogliarla strappandole i vestiti, ma lei lo aveva bloccato gettandolo supino sul materasso ortopedico, sedendosi sulla patta dei pantaloni la cui tela si era riempita di eccitazione.

Le mani di Veronica, appoggiate sul petto, lo accarezzavano piano giocando con le asole della camicia che, complici, lasciavano scivolare arrendevoli bottoni in madreperla.

Sentiva la pelle bruciare di desiderio e preferiva chiudere gli occhi adesso che le sue mani avevano allentato il morso della cinghia dei pantaloni e la zip della cerniera.

Voleva perdere la cognizione del tempo mentre le dita lo sfioravano lentamente lungo percorsi da troppo tempo digiuni di attenzioni.

Poi aveva sentito le labbra di lei che fremevano a pochi centimetri dal suo orecchio sinistro.

La situazione gli era sfuggita di mano quando l'audacia di un bacio in punta di lingua, aveva cominciato ad esplorarlo iniziando dal collo, la sua zona erogena per eccellenza.

Centimetro dopo centimetro il suo corpo era percorso da una mantide religiosa che pareva volesse fare di lui un unico boccone.

Poi la stanza non ebbe più confini, e Scichilone fu assorbito da quella sensazione di benessere e di pace che solo l'orgasmo sa regalare.

Nonostante ciò non era sazio e voleva continuare a viaggiare fuori dal tempo.

Aperti gli occhi, aveva attirato a sé Veronica abbracciandola con la forza che solo la solitudine sa dare. Per un lungo attimo erano rimasti così, lui vulnerabile nella nudità, lei era ancora avvolta nel lino dell'abito che la rendeva ancestrale.

La desiderava e non faceva nulla per mascherarlo.

L'aveva sollevata per poi appoggiarla delicatamente sul letto.

Con un dito sfiorava il profilo del naso, quello delle labbra, del collo, fermandosi al limitare della scollatura del vestito che non riusciva a mascherare il turgido disegno dei capezzoli.

Li aveva baciati così, ancora avvolti nel tessuto, assaporandone l'aroma muschiato dell'eccitazione.

La sentiva fremere: era in sua balia.

Ardito, aveva fatto scivolare la mano destra risalendo la coscia sino al bordo ricamato delle mutandine.

Con un dito aveva violato il confine del proibito, quello che da adolescente sognava nelle notti solitarie in cui gli ormoni erano Apache sul sentiero di guerra.

La setosità dei peli che mascherava…

"Cazzo!".

Scichilone era balzato giù dal letto, come se avesse toccato i fili dell'alta tensione.

Veronica per un attimo lo aveva guardato coi suoi occhi da cerbiatta.

"Cazzo, ma tu sei... tu... tu chi cazzo sei?".

"Ti avrei spiegato".

"C'è poco da spiegare, qui. Qui non si può spiegare niente".

"Vedi, io...".

"No, mettiamo le cose in chiaro: io sono un uomo e a me piacciono le donne".

"Appunto, io dentro lo sono".

"Ma che dentro e dentro, a me piacciono che siano femmine anche fuori, e tu...".

Il commissario, istintivamente, aveva sollevato da terra i calzoni, portandoseli all'altezza del pube quasi a difesa da quegli occhi ingannevoli.

"Senti, come ti devo chiamare? Vabbè, non ti chiamo, però forse è meglio che adesso te ne vai; sì, forse è meglio. Io vado in bagno un attimo e quando esco spero di non trovarti. Lasciamoci così, da buoni amici".

Non voleva che Veronica, o come si chiamasse, replicasse.

Preferiva stare da solo.

Per diversi minuti era rimasto seduto sul water a meditare.

Quando era uscito, nell'appartamento si respirava il profumo, intenso, di un amore diverso, morto ancora prima di nascere.

Si era sdraiato sul divano perdendosi nelle ombre che i fari delle auto in transito disegnavano sul soffitto.

"Minchia, ho baciato un uomo!".

23

"Questa ha sempre la porta chiusa?".

Il commissario si era rivolto a Capurro che lo seguiva come un'ombra a pochi centimetri, mentre con le nocche della mano destra bussava alla porta dell'ufficio di Annalisa Paoletti.

Erano le undici precise.

Niente, nessuna risposta.

"Dovrebbe bussare più forte, forse non ha sentito".

"Peppino...".

Il gesto era stato ripetuto con maggiore enfasi.

"Avanti, chi è? Ma è questo il modo di bussare? Volete sfondare la porta?".

La voce alterata del magistrato era esplosa nel corridoio, benché attutita dal battente di legno impiallacciato in rovere, attirando l'attenzione delle persone che si trovavano a transitare.

"Minchia, Peppino, tu e i tuoi consigli!".

Aveva così socchiuso la porta, affacciandosi con timore.

"Mi scusi, dottoressa. Sono Scichilone, ma a bussare è stato Capurro. Lo perdoni, ma ha certe mani pesanti...".

"Ah, è lei commissario, entri pure".

Era scivolato dentro l'ufficio quasi in punta di piedi, lasciandosi alle spalle la mole ingombrante dell'ispettore.

"Dunque, cosa c'è di così importante? Ha qualche novità che mi aggiusti questa giornata cominciata male?".

"Beh, forse sì".

"Sentiamo, allora".

Gli occhi del pubblico ministero lo scrutavano in attesa di una rivelazione degna di interesse.

"L'abbiamo preso, ho meglio sappiamo chi è".

"Preso chi?".

"L'assassino, il mandante, quello che ha rubato il diario".

"Mi faccia capire: stiamo parlando delle morti apparentemente casuali che in realtà si sono rivelate due omicidi e che sono collegate al furto di un antico manoscritto?".

"Sì, di quelle".

"Quindi, se ho capito bene, lei avrebbe scoperto l'assassino dei due uomini, il mandante degli omicidi ed il ladro del diario?".

"Sì, cioè no. In effetti si tratta di una sola persona che ha commissionato gli omicidi e probabilmente anche il furto del diario a Sparamaneghi, poi ucciso dallo stesso mandante".

La donna lo fissava con aria smarrita e quindi Schichilone aveva optato per raccontare tutta la vicenda dall'inizio, sino all'interrogatorio di Martini.

"Ora è tutto più chiaro. Dobbiamo dimostrare che la voce registrata nella cassetta trovata da lei a casa di... come si chiama quello finito sotto un'auto?".

"Sparamaneghi!".

"...appunto, appartiene a Martini".

"Esatto".

"Che ne dice se me lo porta qui, direi, oggi pomeriggio alle tre? Potrei intanto sentirlo come persona informata sui fatti e poi vedremo".

Non era una richiesta consultiva, ma un ordine che non ammetteva repliche.

"D'accordo, oggi alle tre".

Era uscito dalla stanza salutando in maniera frettolosa, senza stringerle la mano.

Si sentiva sempre a disagio quando doveva confrontarsi con lei e non sapeva mai come affrontarla.

Gli riusciva meglio quando accadeva con gli altri magistrati, maschi.

Il dialogo era meno contratto, mentre con lei appariva sempre come un idiota incapace di articolare due parole.

Le esposizioni diventavano come frammenti scomposti di un puzzle da diecimila pezzi in cui era riprodotto un campo di girasoli: un casino pazzesco.

E poi non riusciva a suggerirle una strategia e finiva con l'eseguire passivo le direttive di Annalisa Paoletti.

Per questo si odiava profondamente.

"Che le ha detto, dottore?".

"Me lo porti oggi alle tre", aveva risposto Scichilone con voce in falsetto, tipo zitella acida.

"Ho capito: oggi alle tre".

24

Numeri.
Quante possibilità aveva di farla franca con Scichilone?
Una su cento.
Forse nessuna.
Numeri.
Non occorreva particolare acume per capire che il suo gioco era stato scoperto e che a breve sarebbe stato arrestato.

Quando? Era questione di ore, forse di minuti: numeri che per una volta gli erano nemici.

Gli avrebbero gettato in faccia le proprie responsabilità e non si trattava di un bilancio alterato, ma di omicidi.

Non era mai stato arrestato e non conosceva il carcere, ma solo il pensiero di essere rinchiuso in cella lo terrorizzava.

Poi c'era tutto il resto: lo scandalo avrebbe travolto anche la famiglia, con conseguenze irreparabili.

Aveva ucciso e fatto uccidere per pura cupidigia, senza pensare ai rischi.

Subito dopo essere uscito dal commissariato, appena giunto a casa, aveva allontanato da Ventimiglia sua moglie e le figlie.

Per ciò che doveva fare non le voleva tra i piedi.

Poi era uscito nuovamente e, da una cabina telefonica, aveva telefonato all'unica persona che per lui significasse qualcosa.

"Mi hanno fregato. Non capisco come abbiano fatto, ma qualcosa deve essere andato storto: me li sento addosso. Forse è il caso che per un po' non ci sentiamo né vediamo. Ricordati che ti amo".

Le parole gli erano uscite in un fiato assieme alla speranza che il nastro della segreteria non mitigasse tutto il dolore della separazione.

Non avrebbe voluto farlo, ma era necessario per non trascinare nel limbo la sola persona che in vita sua aveva amato oltre ogni limite.

Sapeva che il sentimento era reciproco e in quei momenti ricordava le ore spensierate e indimenticabili trascorse insieme.

Non avrebbe mai voluto arrivare a una simile decisione, ma la vita non è avara di imprevisti. Proprio ora che intendeva uscire allo scoperto e confessare alla moglie di amare un'altra persona.

Ma non aveva scelta: doveva tutelare quell'amore. Non voleva macchiarlo con uno scandalo inutile.

Rientrato a casa si era seduto alla scrivania dello studio, cominciando a fissare un punto indefinito della parete che aveva di fronte.

Su di questa erano appese le fotografie che testimoniavano i successi: visi sorridenti che per l'eternità sarebbero rimasti tali.

Tutto quel mondo, ormai, non gli apparteneva più perché lo aveva tradito, o forse mai amato.

Riflettendo, si rendeva conto che in fondo la sua esistenza era stata una rincorsa al successo a qualsiasi costo: aveva sposato una donna solo per il blasone, si era esclusivamente preoccupato di accumulare ricchezze curando gli interessi economici dei suoi illustri amici che lo avevano tollerato, ma mai accettato.

Ora sarebbe arrivata l'onta di un'accusa che gli avrebbe precluso qualsiasi futuro.

In un attimo gli amici si sarebbero dissolti come neve al sole, così come Donna Matilde Allavena che l'avrebbe lasciato al proprio destino cercando di salvare se stessa e le figlie.

Le lancette del Rolex stavano velocemente consumando i numeri del quadrante e Rodolfo Martini sentiva che doveva affrettarsi.

Con la mano destra aveva aperto il cassetto della scrivania estraendone l'unica scatola che conteneva.

Elegante, in velluto rosso, contrastava con il pallore delle mani dell'uomo che dolcemente ne aveva sollevato il coperchio.

Numeri.

Come quelli di serie della Beretta calibro 7,65.

Numeri.

Come le cartucce che Martini stava facendo scivolare nel caricatore.

Si rendeva conto dell'inutilità di completare il caricamento dell'arma, poiché in fondo era sufficiente un solo proiettile per porre fine alla propria angoscia.

Numeri.

Le quattordici.

Il campanello della porta di ingresso che trillava come quando a scuola segnava la fine delle lezioni, ma questa volta portava con se il lamento di un incubo che stava per nascere.

Era l'ora.

Numeri.

Come i battiti del cuore che aumentavano mentre la canna della semiautomatica si appoggiava alla tempia.

Numeri.

Come la frazione di secondo che intercorreva tra la pressione dell'indice della mano destra, e la detonazione che lanciava il proiettile.

Buio.

Lo sparo si era propagato per le stanze della villa ed a nulla erano serviti i doppi vetri delle finestre, poiché l'orecchio allenato di Capurro l'aveva subito identificato.

"Cristo Santo, è stato un colpo d'arma da fuoco".

"Quale?".

"Non ha sentito? Dalla villa!".

"Sicuro sei?"

"Sono pronto a scommetterci".

Schichilone aveva pigiato nuovamente il pulsante del campanello.

"Mi sa che non c'è nessuno".

"Le dico che era uno sparo, quello".

"E allora che dobbiamo fare? Scavalchiamo?".

Gli occhi del commissario si erano bloccati, interlocutori, sul faccione dell'ispettore.

"Ho capito, scavalco. Minchia, sempre così finisce: i guai me li vado a cercare".

Si era arrampicato sull'inferriata del cancello e con un salto si era proiettato all'interno della proprietà, ammortizzando la caduta sulle ginocchia come un balilla che si cimentava nei saggi ginnici.

"Speriamo che non arrivi qualche cane. Vedi di dimagrire, che la prossima volta tocca a te".

Estratta la *nove* di Pietro Beretta, aveva tolto la sicura avventurandosi lungo il viale di accesso.

Il sole impietoso colpiva la desolata pelata di Schichilone che avanzava cercando la copertura degli oleandri fioriti.

"Signor Martini, sono il commissario Schichilone, sto venendo da lei".

Silenzio, a parte il canto di indolenti cicale, ospiti di pini marittimi dai tronchi sofferti e dalle chiome rigogliose.

"Non c'è nessuno? Signor Martini?".

Silenzio.

La porta d'ingresso era solo appoggiata e il commissario, con le spalle appoggiate al muro, l'aveva spalancata con la spinta di un piede.

Le mani avanti, strette intorno al calcio della pistola.

"Signor Martini, è in casa? Sto entrando, sono Schichilone!".

Silenzio.

Nell'aria l'odore acre della polvere da sparo, per il resto tutto appariva sospeso in una pace irreale.

Stanza dopo stanza, il commissario era avanzato in quel labirinto di locali simbolo dell'opulenza più esasperata.

Mobili antichi si alternavano ad arredi dal taglio futurista; alle pareti quadri di Picasso e Matisse si mescolavano alle tempere di Barbadirame in un puzzle colorato e confuso.

L'ultimo dei corridoi, opposto a quello di ingresso, si arrestava al limitare di una porta laccata di bianco ghiaccio, con la maniglia in ottone.

Il commissario sentiva il proprio cuore pulsare all'altezza della tempia destra, mentre l'adrenalina gli intossicava il sangue.

"Signor Martini, guardi che entro".

Silenzio.

Una leggera spinta al battente e l'immagine che si era materializzata lasciava poco spazio ai dubbi.

Rodolfo Martini era bocconi, con la parte superiore del corpo riversa sul piano della scrivania, immersa in una pozza di sangue.

Nella mano destra una pistola e nella tempia il foro d'entrata circondato da una vistosa bruciatura della cute.

Gli occhi sbarrati parevano osservare i cubi, in legno, del calendario da tavolo che indicava la data corrente: venerdì diciassette settembre.

Numeri.

Sul piano della scrivania c'era il diario rubato a Cavalieri.

25

"Bene, mi pare che l'indagine si sia risolta da sola, come sempre".

"Che intende dire, dottoressa?".

"Semplicemente quello che ho detto: che il più delle volte la risoluzione di un caso dipende solo dalla lettura dei suoi elementi. Se non ne veniamo a capo è perché siamo incapaci di dare la giusta interpretazione ai fatti che sono parte integrante del caso medesimo".

"Con questo vuol dire che il nostro operato non è servito a nulla e che la verità è emersa solo perché prima o poi sarebbe successo comunque?".

"Beh, più o meno. In fondo, voi vi siete limitati a seguire la normale procedura, senza particolari intuizioni. O sbaglio?".

Scichilone era rimasto con la bocca aperta a metà, mentre ascoltava Annalisa Paoletti che esponeva la sua teoria.

"In questo caso il responsabile si è addirittura suicidato, addossandosi di fatto ogni responsabilità. Credo proprio che il caso si sia risolto da solo, non trova?".

Il commissario avrebbe voluto replicare dicendole che la presunzione, certo, non aveva padroni e che l'obiettività non era tra le sue migliori qualità, ma in fondo non gli interessava minimamente ingaggiare uno scontro verbale con il pubblico ministero Annalisa Paoletti.

Lei sarebbe rimasta con le sue convinzioni e Scichilone avrebbe avuto la coscienza a posto per aver fatto tutto il possibile.

Alla fine dei conti nella casella della statistica sarebbero risultati tre omicidi risolti ed il questore non l'avrebbe assillato.

Tutti soddisfatti e la sete di giustizia appagata.

"Commissario, tutto bene?".

"Sì certo. Stavo meditando sulle sue parole: belle!".

Si era alzato con la frenesia di uscire da quell'ufficio troppo piccolo, in cui si sentiva soffocare.

"Beh, io vado. Arrivederci".

Era uscito senza porgere la mano al magistrato: in fondo non sarebbe servito a farle cambiare opinione.

Il sole di settembre sembrava quello di agosto, tanto era caldo ed avvolgente.

Il caso si poteva considerare chiuso, ma non del tutto.

Era iniziato con la scoperta di un antico manoscritto che, probabilmente, portava anche un po' sfortuna. A causa sua c'erano stati quattro morti, ma in fondo dava anche le indicazioni di un tesoro sepolto chissà dove.

Forse il sindaco di Perinaldo era in grado di ritrovarlo.

"Domani".

Aveva deciso di rimandare tutto al giorno dopo: ora sentiva l'esigenza di sedersi in riva al mare, di dimenticare per un attimo l'indagine, la Paoletti e le sue teorie.

Si sarebbe fatto cullare dal rumore delle onde, accarezzare dal tramonto in compagnia di una birra.

26

Francesco Cavalieri non era in casa ma in campagna, dove passava gran parte della giornata.

Le indicazioni dei dipendenti del comune erano state precise e Scichilone non aveva faticato a trovarlo.

Alla proprietà si accedeva dopo aver percorso un sentiero pedonale aggrappato alla base di un muro costruito a secco, con pietre che duecento anni prima sapienti mani avevano squadrato a colpi di mazza.

Era incredibile la perfezione degli incastri e la resistenza dei manufatti al tempo ed alle intemperie.

Aveva scoperto che, sino a cinquant'anni prima, tutto lo spazio disponibile sulle colline circostanti veniva sfruttato per la coltivazione, e non solo quella degli olivi. Sui vari terrazzamenti veniva seminato un po' di tutto, dal grano agli ortaggi, tanto da non lasciare spazio a vegetazione alternativa che non fosse bosco.

Il commissario non riusciva a credere che in porzioni di terra larghe solo due metri si potesse coltivare il grano.

Per lui, i campi di grano avevano le dimensioni oceaniche di quelli siciliani, con spighe che si muovevano al ritmo del vento dando l'illusione di trovarsi di fronte ad un immenso mare agitato.

Osservando ora il territorio di Perinaldo, sembrava che l'uomo avesse strappato piccoli appezzamenti al rigoglioso incedere dei roveti.

Oliveti secolari erano soffocati da piante parassite, e i rami contorti che si levavano al cielo sembravano tante braccia che imploravano aiuto.

Stentava a credere che quel luogo, un tempo, fosse un giardino, così come narratogli da un anziano contadino dagli occhi saggi.

Un cancello improvvisato con assi di legno indicava l'ingresso al fondo, in gran parte coltivato a carciofi.

"Sono belli, vero?".

La voce del sindaco lo aveva sorpreso alle spalle.

"Carciofi?".

"Sì, della specie provenzale".

"Scusi la mia ignoranza, ma cosa vuol dire?".

"È un tipo di carciofo che cresce, d'abitudine, solo in Provenza e che io ho introdotto a Perinaldo. La sua caratteristica è l'assenza di spine ed il grande contenuto di ferro.

Come pezzatura sono leggermente inferiori a quelli tradizionali e a quelli romani, ma come gusto le assicuro che non sono secondi a nessuno".

"Capisco".

Il viso da elfo di Francesco Cavalieri lo scrutava furbescamente.

"Immagino che non sia venuto fin qui per chiedermi dei carciofi".

"Sì, certo. Sono qui per tutt'altra cosa. Intanto le restituisco il diario. E poi ha letto i giornali?".

"Sì".

"Se lo aspettava?".

"No, anche perché Rodolfo, Martini intendo, lo consideravo un vero amico, oltre che il mio commercialista".

"Non si finisce mai di conoscere le persone".

"È vero, ma in questo caso credo che si possa parlare di un autentico esempio di doppia personalità".

"In effetti".

"Dunque, mi dica, cosa posso fare per lei?".

"Credo che la vicenda non si possa considerare finita".

"Come?".

"Non fraintenda. Quella strettamente investigativa, è chiaro che si è conclusa, ma dentro mi è rimasta ancora una curiosità. Sbaglio o c'è un tesoro da trovare?".

Il sindaco, sorridendo, aveva messo in mostra i denti ingialliti dal tartaro.

"Mi fa piacere di saperla interessato".

"Vede, è una deformazione professionale, la curiosità intendo. In fondo la vicenda, se in un primo momento mi aveva lasciato indifferente, poi mi ha coinvolto completamente sino ad assorbire ogni mia energia. Tutta l'adrenalina accumulata nelle fasi di indagine si è dissolta quando ho scoperto il cadavere di Martini. In quel momento mi sono sentito scarico, per un attimo sconfitto dagli eventi, e ho pensato alle persone che sono morte a causa del tesoro indicato nel diario.

Martini, oltre ad avere privato della vita Guglielmi e Pizzio, suicidandosi ha negato loro anche un'ipotetica giustizia.

Mi sono così chiesto se ritrovare il tesoro avrebbe contribuito a rendere meno amaro un destino tanto beffardo... ed eccomi qua".

Cavalieri non aveva smesso di sorridere mentre lo ascoltava.

"Bene, direi ottimo. Quando vuole cominciare?".

"Anche subito, se ha tempo".

"Tutto quello che occorre. Direi che per prima cosa sarebbe opportuno rileggere alcuni passi del diario, magari davanti ad una bella bottiglia di rossese".

"Più che bella spero sia buona".

"Sì, ha ragione, buona. Se è solo per questo, in cantina ne conservo qualche bottiglia di quello speciale, che apro nelle occasioni importanti. Andiamo".

La cantina era ricavata nelle fondamenta dell'abitazione del sindaco.

La volta a botte in mattoni pieni poggiava su spessi muri di pietra che garantivano una temperatura costante, intorno ai quattordici gradi centigradi.

Il passaggio dall'esterno all'interno era da brivido sulla pelle, ma durava solo il tempo di acclimatarsi.

L'odore ricordava gli aromi muschiati di un bosco di abeti, con la differenza che l'ambiente risultava privo di umidità e l'aerazione era garantita da due strette feritoie che si aprivano sulla parete nord.

Tre grosse botti in rovere facevano mostra di sé, addossate alla parete opposta alla porta d'ingresso, adagiate su un muretto alto una cinquantina di centimetri.

Ai lati, direttamente nel muro, erano state ricavate una serie di nicchie in cui dimoravano un'infinità di bordolesi, rigorosamente coricati con il giusto angolo d'inclinazione.

"Bellissima".

"È vero, ma non è opera mia. La perfezione di ciò che vede è frutto dell'amore che mio padre nutriva per il rossese. Una vera mania che mio malgrado ho ereditato e alla quale non so sfuggire.

Direi che è quasi un obbligo, un segno di riconoscenza nei confronti del mio vecchio".

"Giustissimo".

"Se mi aspetta un secondo, vado a prendere qualcosa da stuzzicare".

"D'accordo".

Schichilone, rimasto solo, osservava affascinato il meticoloso ordine in cui erano disposte le bottiglie, tutte uguali per modello e tonalità del vetro.

Su ogni scaffale era appeso un cartello di riferimento, con indicate le caratteristiche del vino che vi riposava: fondo da cui proveniva l'uva, annata di produzione, quella di imbottigliamento, grado alcolico.

Di vino non capiva assolutamente nulla e si limitava ad apprezzarne le qualità solo se risultava gradito alle sue papille gustative.

Intuiva che dietro ad una produzione esisteva un lavoro certosino, un meticoloso studio, un'alchimia tra quello che la natura metteva a disposizione e quello che la mano dell'uomo riusciva a ricavarne.

Alla fine di tutto ciò, l'unica cosa che veramente gli importava era se la bevanda tanto cara a Bacco riusciva a soddisfarlo completamente.

Il sindaco era ritornato portando un vassoio su cui poggiavano un paio di tagli di formaggio e il pane, mentre sotto l'ascella destra stringeva l'antico manoscritto.

"Direi che prima ci dedichiamo a gustare i piaceri della cantina e poi diamo un occhiata al diario".

"Sono d'accordo e soprattutto curioso di verificare la bontà del suo rossese".

I formaggi esaltavano le caratteristiche del vino che già Napoleone aveva apprezzato nel corso della Campagna d'Italia.

Il colore era rosso rubino con riflessi violacei, il profumo intenso che ricordava quello del ribes, mentre il sapore asciutto aveva in sé una vena amarognola.

"Un vino eccellente, anche se non saprei descriverne le caratteristiche".

"Questo che stiamo bevendo ha due anni di invecchiamento e proviene da una vigna di Soldano, il comune prima di Perinaldo. Molti affermano che il rossese migliore si produca a Dolceacqua, ma in realtà i vigneti migliori si trovano nei territori di Soldano e San Biagio".

La bottiglia aveva perso in fretta il proprio contenuto, mentre la loro attenzione si era spostata sul diario.

"Ho passato molto tempo a leggerlo, cercando di coglierne i significati più reconditi. Ci sono passaggi chiari ed altri che bisogna inquadrare nel momento storico in cui è stato scritto.

Credo che il passaggio fondamentale sia l'ultimo brano che fra Bartolomeo, priore del convento di San Sebastiano, scrive prima di scomparire. Egli fa un riferimento importante a colui che si sta avvicinando alle porte della città e che si fa chiamare Imperatore.

Era il 1794 e Napoleone, violati i confini della Repubblica di Genova, stava avanzando al comando di quattro colonne di armati. Una di queste aveva risalito la valle del Nervia, saccheggiando tutti i villaggi che attraversava. Fatta tappa a Dolceacqua, i soldati di Napoleone si erano accaniti anche contro gli abitanti dei centri vicini, privandoli di ogni bene. Non furono risparmiate nemmeno le chiese ed i sacrari in esse contenuti.

In questa ottica, credo che il previdente frate fece sparire tutti i beni del suo convento.

Lo dice quando afferma: 'Quello che si doveva fare è stato fatto'.

Ora si tratta di scoprire il luogo dove ha nascosto il tesoro.

Prima ancora, però, dovremmo individuare dove il religioso si ritirò per sfuggire alle eventuali pressioni degli uomini di Napoleone.

Anche in questo caso fra Bartolomeo ci dà una mano scrivendo: 'Dimorerò là dove il dio pagano ha osato sfidare il tempo. Con me porterò la chiave per accedere al trono'.

Il dio pagano potrebbe essere un riferimento alle invasioni celtiche che interessarono in epoca precristiana questi territori.

Nei secoli sono state raccolte diverse testimonianze dei loro passaggi, ma gli storici non ne hanno mai dato il giusto risalto, per cui poco si sa poco e soprattutto non esiste una bibliografia che ne fissi, per ogni luogo, i riferimenti temporali.

Ricordo che sin da bambino mio nonno mi parlava di un posto che lui definiva come 'la tomba di un re celtico', di cui io non ho mai trovato citazione nei libri di storia locale.

Sono anche a conoscenza che in vari lotti privati sono state trovate piccole necropoli, probabilmente di origini celtiche, che i contadini hanno evitato di denunciare per paura che i Beni culturali possano impossessarsi dei loro terreni.

Contro l'ignoranza non può esistere la storia, purtroppo.

Sono stato più volte nel luogo indicato da mio nonno, cercando di immaginare cosa potesse intendere come 'la tomba di un re celtico'. A mio avviso poteva essere un antico insediamento di qualche tribù che la leggenda popolare ha trasformato nella tomba di un re.

Si trova a qualche chilometro dall'abitato di Perinaldo, in direzione San Romolo, in una località definita Pian del re".

L'attenzione di Scichilone era stata completamente assorbita dal racconto del sindaco ed il generoso rossese aveva contribuito a farlo viaggiare, con l'immaginazione, nel tempo.

Si sentiva un Indiana Jones palermitano, un novello archeologo alla ricerca dell'arca perduta.

Sarà stato il racconto, forse il vino, ma sentiva dentro l'euforica curiosità che lo spingeva ad alzarsi dallo scranno su cui era seduto e machete alla mano inoltrarsi in una selva oscura.

In realtà avevano raggiunto Pian del re a bordo della Renault 4 rossa di Cavalieri, e il caldo umido che sentiva addosso non era quello di una giungla pluviale ma proveniva dall'impianto di riscaldamento dell'autovettura.

"È rotto. Se ha caldo apra anche i finestrini posteriori, che magari gira un po' d'aria".

Indiana Jones e la vettura maledetta.

27

Lasciata l'auto lungo la strada provinciale, avevano imboccato un sentiero che pareva venir ingoiato dalla fitta vegetazione di piccoli arbusti che crescevano spontaneamente ai margini di un bosco di castagni.

"Allora la giungla esiste anche da voi?".

Indiana Jones e la selva oscura.

"Purtroppo nessuno cura più questi boschi. Un tempo i contadini li tenevano pulitissimi: raccoglievano la legna da ardere il fogliame per farne i pagliericci dove dormivano o il fondo nelle stalle per il bestiame.

Il bosco era una inesauribile fonte di approvvigionamento, anche da un punto di vista alimentare. Qui si trovano, in base alla stagione, funghi, frutta di ogni genere, castagne e molta selvaggina.

L'economia di un intero villaggio dipendeva anche dai boschi, ma il cosiddetto benessere ci ha privato di viverne l'essenza ed i nostri bambini rischiano di perdere il contatto con la natura, preferendovi sempre più il freddo messaggio di un video.

Se si ferma un istante ad ascoltare la voce del bosco si renderà conto del senso di pace che da esso proviene. Basta sedersi e chiudere gli occhi per entrare in simbiosi con lui.

I canti melodiosi degli uccelli, il lieve sussurrare delle fronde mosse dalla brezza: vuole metterli a confronto con il chiassoso incedere del traffico cittadino?

Poi il profumo di quest'aria meravigliosa, così leggera che se non sei abituato rischi l'overdose da ossigeno.

Tutto ciò si può condensare in un'unica parola celtica: *nemeton*, il bosco sacro".

Schichilone pensava che il sindaco avesse ragione, ma nello stesso tempo si immaginava proiettato in una società agreste di due secoli prima, in cui la giornata era scandita dal lavoro e l'alba ed il tramonto ne rappresentavano i limiti temporali.

Nessuna comodità, né televisione, né radio né telefono, acqua calda e riscaldamento neppure a parlarne, nessuna autovettura. I supermercati, poi...

L'epoca che preferiva era la sua.

Dopo venti minuti di camminata in una vegetazione tanto fitta da impedire ai raggi del sole di illuminare il sottobosco, dopo aver sorpassato una serie di ferite del terreno che il sindaco aveva indicato come *riane* e che a lui sembravano altrettanti ruscelli in secca, erano giunti in un'area circolare, leggermente concava: sembrava un anfiteatro naturale di modeste dimensioni.

Il muschio e piccoli arbusti ne avevano riempito il fondo, mentre lungo il perimetro secolari castagni si ergevano a protezione.

"La tomba del re".

L'occhio del profano non avrebbe potuto intuire che quelli fossero i resti di un antico insediamento celtico.

Il sindaco gli aveva indicato alcuni tracciati di pietre affermando che si trattasse del contorno di altrettante case.

Doveva credergli sulla parola.

"E secondo lei, fra Bartolomeo si sarebbe nascosto quassù?".

"Probabilmente sì, almeno secondo la mia interpretazione".

"Ok, supponiamo che sia giusta, ma adesso dovrebbe indicarmi dove".

I due uomini si erano guardati attorno, cercando di individuare un segno che confortasse la teoria di Cavalieri.

Era come cercare un ago in un pagliaio, poiché si trattava di scovare una traccia vecchia di oltre duecento anni.

"Direi di dividere l'area in due settori ed ognuno di noi ne ispezionerà uno".

Schichilone si era imposto trovando l'assenso del sindaco.

"D'accordo, io mi occuperò della porzione di sinistra".

Si erano separati prendendo direzioni opposte.

Il commissario, messosi al centro della propria zona, aveva cominciato a scrutarla con metodo, mentre Cavalieri deambulava nell'altra saltando di pietra in pietra senza un logica apparente.

Schichilone, dopo alcuni minuti, aveva cominciato a muoversi lungo un'immaginaria griglia fatta di tante linee verticali ed orizzontali, che percorreva lentamente da un punto all'altro.

Si soffermava su ogni particolare che rivelasse un'azione meccanica dell'uomo.

C'erano segni che la natura, per abile che fosse, non poteva aver prodotto, come il selciato di ciottoli su cui si stava muovendo.

Era strano, in quanto si interrompeva bruscamente contro una parete verticale completamente coperta dal muschio.

Aveva così deciso di risalire sul bordo superiore della conca e di portarsi in corrispondenza della parete.

Si era concentrato sulla strada lastricata appena percorsa, immaginandone il tracciato e scoprendo che ai lati si affacciavano una serie di abitazioni, o almeno i resti di queste, secondo la teoria del sindaco.

Al centro esatto dell'abitato il lastricato si interrompeva in una sorta di incrocio da cui nascevano altri tre selciati, uno perpendicolare al primo e gli altri due trasversali, a destra e a sinistra.

"Una croce. È una croce. Sindaco, sindaco!".

Cavalieri lo aveva raggiunto concordando con l'esame del poliziotto.

"Potrebbe trattarsi della rappresentazione di una croce celtica, che per quella società aveva un significato di circolarità delle relazioni. Quindi non un significato religioso in senso stretto".

"Lei suggerisce che questa croce potrebbe non essere opera di fra Bartolomeo?".

"Direi di no se, come supponiamo, questo insediamento è di origine celtica".

Scichilone si era fatto bastare la spiegazione di Cavalieri, ridiscendendo nel catino ed avvicinandosi nuovamente alla parete verticale.

Il suo sesto senso gli suggeriva di ispezionare meglio.

Con l'aiuto di una pietra dal tagliente particolarmente affilato aveva liberato la parete dal muschio scoprendone la superficie levigata che denunciava l'opera dell'uomo.

Il sindaco osservava passivo alle sue spalle.

Sotto un folto strato di edera rampicante, sul lato destro della parete, erano apparse alcune incisioni molto simili ad una grafia dal tratto infantile, apparentemente priva di significato.

"Meravigliosi". Cavalieri aveva interrotto il lavoro del commissario.

"Che cosa?".

"Questi segni. Li vede? Sono rune".

"Sono cosa?".

"Rune. Un alfabeto sacro antichissimo che veniva tracciato su diversi supporti, anche su pietra, con significati magici e divinatori".

Eliminata completamente la vegetazione, la parete levigata si era rivelata una grossa roccia incastrata ad altre pietre di modeste dimensioni. Quest'ultime formavano una sorta di muro a secco che si chiudeva all'apice con un trave di arenaria e lateralmente da un altro masso simile al primo.

"Guardi con attenzione tutta la parete. Non le sembra che le due rocce ai lati sostengano quel grosso trave e che le pietre che si trovano al centro potrebbero essere state aggiunte successivamente?"

Scichilone, fatto qualche passo indietro, osservava con attenzione.

In effetti il muro a secco contrastava nettamente con il resto.

"Sì, mi pare che la sua osservazione sia esatta. Ha visto che quella scrittura, le... ruine".

"Rune".

"...sì, le rune, sono state incise sulle due rocce ai lati e sul trave, mentre sulle pietre al centro non c'è nulla".

Si erano guardati un istante e senza dire una parola avevano cercato un punto nel muro a secco da cui poter togliere una pietra.

La struttura sembrava inviolabile.

Scichilone pensava che una leva sarebbe stata perfetta per scardinarla.

Non trovando nulla, aveva utilizzato la porzione di un ramo di castagno dall'estremità particolarmente acuta.

Individuate due pietre di piccole dimensioni separate tra loro da uno strato di terra più consistente, le aveva aggredite con foga.

Il sedimento diventava friabile sotto l'incedere del commissario e poco dopo le due pietre avevano cominciato a muoversi come i denti da latte di un infante.

"Cede, sta cedendo".

A due mani e poi a quattro, l'uomo infine ebbe ragione di se stesso. Dal pertugio, nero come la notte, proveniva un brezza frizzante.

"È una grotta".

Sul viso del sindaco era ritornato il sorriso.

"Che si fa?".

"Direi che a questo punto andiamo avanti".

Dopo mezz'ora di lavoro, l'apertura era sufficiente per violare quello che poteva essere un sepolcro.

La luce della torcia a pile che il sindaco, previdentemente, aveva portato con sé, illuminava un ingresso ampio quanto la distanza dei due massi all'ingresso, ed una volta di roccia viva.

Il fondo era lastricato come la strada del villaggio.

L'atmosfera che si respirava all'interno era fresca e non si discostava, per odore, da quella del bosco circostante.

Sulle pareti non c'erano incisioni e il cunicolo, che non superava i dieci metri di lunghezza, terminava al limitare di un grande vano di forma circolare al cui centro era posizionata una roccia levigata e piatta, sollevata da terra e sostenuta da altre due di identiche fattezze.

Ai piedi di quello che sembrava essere un altare, lo scheletro di un uomo era avvolto in una tela grezza di colore scuro, che pareva doversi polverizzare al solo sguardo.

"Fra Bartolomeo!".

Per lunghi attimi il commissario e il sindaco erano rimasti in un rispettoso silenzio, con il fascio di luce che illuminava quei poveri resti.

Si sentivano come i profanatori di una tomba ed in parte, probabilmente, lo erano.

Quella era stata l'ultima dimora di un religioso sacrificatosi per evitare che Napoleone ed i suoi sgherri si impossessassero del tesoro dei perinaldesi.

"Con me porterò la chiave per accedere al trono".

Il sindaco aveva rotto l'incantesimo.

"Come dice?".

"Ho ripetuto la frase scritta da fra Bartolomeo nel suo diario".

"Quale frase?".

"Quella che riguarda la chiave per accedere al trono".

"Allora l'avrà con sé".

"Secondo quanto ha scritto, direi di sì. Però, scusi commissario, ammesso che abbia una chiave che cosa aprirà?".

Si erano guardati intorno, ma nella grotta non c'erano forzieri né nicchie serrate da porte. Solo un unico vano dalle pareti di roccia, un altare ed il pavimento lastricato di pietra.

"Minchia, vero è!".

Avvicinatosi allo scheletro, Schichilone aveva allungato una mano per frugare nell'abito, ma il tessuto si era sfaldato sotto la pressione delle dita.

"Si polverizza".

"È l'azione del tempo, pazienza. Non sarà difficile trovare la chiave, anche perché il saio ha solo due tasche e lei una l'ha già verificata".

Anche la seconda si era sbriciolata durante il controllo, ma della chiave nessun segno.

"Forse l'avrà portata sotto l'abito, magari legata al collo".

Le mani del commissario avevano ispezionato anche il tronco con lo stesso risultato.

"Non c'è".

Sconforto.

"Tanta fatica per niente".

Il sindaco, perso il sorriso, appariva assorto all'inseguimento di un ragionamento che non riusciva a fare suo.

Il teschio di fra Bartolomeo li guardava con le orbite scure ed il ghigno di sfida.

"Ma che fa, ci prende per il culo?".

Scichilone si sentiva svuotato da ogni energia, come gli accadeva ogni volta che subiva una sconfitta.

Se non fosse stato per un innato senso di rispetto verso i morti lo avrebbe preso a calci, a fra Bartolomeo.

"Preti!".

"Come dice?".

"Nulla, pensavo a voce alta. E adesso che facciamo? Ce ne andiamo e lasciamo tutto così?".

"Non saprei...".

"Ho un tale nervoso addosso che lo mollerei qui, il frate. Intanto c'è rimasto per due secoli...".

"Forse è meglio tornare in paese, chiamare il medico legale e fare tutto per benino.

Scichilone, ascoltate le parole del sindaco, si era abbassato per un ultimo sguardo a fra Bartolomeo.

"E poi li definiscono scherzi da prete".

Stava per alzarsi quando la sua attenzione era stata catturata da una scritta che si notava tra la tibia ed il perone della gamba destra, laddove la tela del saio aveva ceduto naturalmente all'incedere del tempo.

"E questo cos'è?"

"Che cosa?".

Il commissario aveva polverizzato il tessuto residuo che copriva gli arti inferiori, sotto i quali si notavano dei tratti di inchiostro impressi su una pergamena.

"Guardi anche lei".

Spostate le ossa, con la torcia avevano illuminato un foglio, ingiallito ma integro, sul quale erano stati riportati alcuni simboli.

"Cribbio, ma è una mappa! Fra Bartolomeo ha nascosto il tesoro da qualche parte e per ritrovarlo ne ha disegnato una mappa, che poi ha cucito all'interno del saio. Geniale".

"Con me porterò la chiave per accedere al trono".

28

La mappa disegnata da fra Bartolomeo era stata liberata dai brandelli della stoffa che per oltre duecento anni l'aveva custodita con devozione religiosa.

Scichilone e Cavalieri, dopo averla posata sul piano dell'altare di pietra, ne studiavano i tratti alla luce della torcia.

L'aerazione della grotta, che garantiva all'atmosfera un'umidità e una temperatura costanti, ne aveva favorito la conservazione.

La pergamena appariva pressoché integra e l'inchiostro, seppur sbiadito, era un'impronta sufficientemente leggibile.

I simboli, nonostante fossero privi di qualsiasi simmetria e proporzione, rendevano agevole l'interpretazione a chi conoscesse il territorio di Perinaldo.

Era rappresentato l'abitato del borgo, indicato con l'antico nome di Podii Raynaldi, dalle mura merlate che cingevano un castello al quale erano arroccate le case, le chiese ed il convento di San Sebastiano. Una linea tratteggiata che partiva dal villaggio tagliava a metà un fitto bosco, per raggiungere l'antico insediamento celtico denominato "la tomba del re".

Il frate ne aveva stilizzato la forma circolare e concava, abbozzando i contorni sassosi della croce celtica e quelli delle case.

All'apice nord della croce era stata disegnata la sezione laterale della grotta in cui appariva l'altare e a terra le spoglie mortali del religioso.

Fra Bartolomeo aveva rappresentato se stesso nell'atteggiamento post mortem tipico, con le gambe unite, le braccia incrociate sul petto e le mani chiuse sul rosario.

Un altro tratteggio partiva dalla grotta e conduceva, sempre attraversando la foresta, a un monte dalla forma conica con terrazzamenti circolari lungo la superficie.

A Scichilone il disegno ricordava un po' i templi atzechi di Palenque, visti in un servizio televisivo, che sognava di poter ammirare dal vivo prima o poi.

Il sindaco osservava attento l'insieme dei disegni e dei tratti per riuscire a collocare geograficamente quel monte così particolare.

"Ma certo, questo è il monte Caggio, una delle tante alture del nostro Comune".

Nella mappa, all'interno del monte era stato disegnato un trono ed accanto un forziere.

"Il tesoro".

Il sindaco aveva spiegato che, secondo una leggenda, il monte Caggio era un antico luogo di culto. Le terrazze esistevano veramente, in parte erano state distrutte dagli agenti atmosferici e ciò che rimaneva era completamente sommerso dalla vegetazione.

Ricordava di avere, nell'archivio storico del Comune, un disegno vecchio di due o trecento anni che riproduceva la montagna priva di alberi, con le terrazze dettagliatamente rappresentate.

Affermava che la popolazione del luogo aveva timore di avventurarsi lungo i suoi pendii e raccontava che chi aveva osato farlo non era più tornato.

Dicevano che vi abitavano spiriti malvagi, e nemmeno i pastori vi portavano i loro animali a pascolare.

"Ci sono davvero gli spiriti?".

"Ma che dice, commissario! Il vero problema sono i crepacci e occorre essere accorti per non caderci dentro.

In realtà è un posto magnifico: dalla cima, nelle giornate limpide, si spazia con lo sguardo da levante a ponente e giù oltre l'orizzonte, sino ad ammirare le coste della Corsica. Poi, di notte, sembra di essere ad un passo dalle stelle, che con la mano si potrebbe sfiorare la Via lattea.

Per queste caratteristiche, gli antichi abitanti di queste lande ne avevano fatto un luogo di culto e forse gli stessi Celti vi edificarono un tempio, come testimoniano le innumerevoli rune incise sulle pietre.

Era sicuramente un posto frequentato da druidi e sacerdoti vari, per questo più che temuto era rispettato, ma oggi è solo un grande bosco di castagni dove nascono porcini belli sodi, dal sapore di mare".

"Quanto dista da qui?".

"In linea d'aria un chilometro circa, ma noi ci arriveremo in auto, percorrendo i tre chilometri della provinciale che da San Romolo conduce a Coldirodi. Poi, lasciato il mezzo, dovremo arrampicarci per circa due chilometri seguendo i sentieri dei cacciatori e dei cercatori di funghi".

"Allora muoviamoci".

Avvolta la pergamena, erano usciti dalla grotta proteggendo gli occhi dalla luce naturale del pomeriggio che faceva da contrappunto a quel settembre torrido.

La lingua d'asfalto feriva indelebilmente la macchia mediterranea risplendente del verde intenso delle chiome di castagni, querce, pini marittimi ed abeti.

Erano all'interno di un grande polmone naturale dove tutto pulsava in un microequilibrio fragilissimo.

Le forme viventi, animali e vegetali, avevano un compito specifico che contribuiva a mantenere vivo quello spicchio di creato.

Schichilone sentiva su di sé una sensazione di protezione mentre la Renault 4 sfiorava le fronde degli alberi che formavano gallerie naturali degne del più affermato tra gli architetti.

Era talmente avvolgente che provava un caldo soffocante.

"Minchia, sindaco, lo faccia aggiustare questo riscaldamento".

"È rotto".

"Provveda, che non se ne può più".

L'automezzo si era arrestato in un'ansa della strada, ai piedi di un'erta coperta di castagni secolari.

"Da qui si procede a piedi".

La salita era faticosa sia per la ripidità pendio che per la temperatura dell'aria.

I due uomini avevano smesso di comunicare mentre procedevano a testa bassa, con il respiro affannoso e le gocce di sudore che inzuppavano gli indumenti.

Dopo un'ora di marcia la vegetazione si era fatta improvvisamente rada, lasciando il posto a folti manti erbosi che avevano assunto il colore della paglia.

Erano in cima.

Si erano seduti per recuperare dallo sforzo, concedendosi il tempo di guardarsi intorno.

La vista era infinita e si spingeva a ponente sino al profilo sfocato delle isole Hyeres, mentre a est e a sud un consistente corpo nuvoloso prometteva di rinfrescare la coda di quella lunga estate.

"Sindaco, diamo un occhiata alla mappa e cerchiamo di capirci qualcosa".

"Certo".

Sul lato destro della figura stilizzata del monte Caggio, fra Bartolomeo aveva annotato una serie di riferimenti numerici in prossimità di due cumuli di rocce separate su cui erano stati incisi alcuni tratti grafici.

Apparivano uniti tra loro da una sottile linea continua che si chiudeva a triangolo su un lato del monte.

"Sono rune".

"Di nuovo".

"Credo che il frate ci voglia suggerire di trovare queste pietre e di lì partire, in una sorta di triangolazione, per individuare il punto dove è custodito il tesoro".

"Un'impresa".

"Forza, diamoci da fare".

Scichilone e la caccia al tesoro.

Dalla mappa, sembrava che i due cumuli di pietra dovessero trovarsi quasi all'apice del monte.

"Credo che sia opportuno iniziare dalla vetta, perlustrare il territorio in senso circolare e poco alla volta scendere verso valle. Io in un senso, lei nell'altro, ed il primo che si imbatte nelle rune le segnala".

"D'accordo, allora io vado a sinistra".

"Ma perché ogni volta, sindaco, sceglie sempre la sinistra?".

"È una deformazione professionale, la destra non mi è particolarmente simpatica".

"Capisco".

Il sole era ancora alto e Scichilone rimpiangeva di non aver portato con sé un berretto per proteggere la pelata.

Sudava copiosamente e le vene del cranio si evidenziavano pulsando con il ritmo di un cuore al limite della fibrillazione.

Non era semplice camminare in linea retta su un fondo sconnesso, tra l'erba alta sino alle ginocchia, trepidando ogni volta che la faccia grigia di una pietra ammiccava complice.

Dopo venti minuti di ricerca, un cumulo di sassi si era materializzato davanti a lui.

Le rune apparivano incise, con eleganza, su alcuni di questi e pur essendo incomprensibili trasmettevano euforia al commissario che si era lasciato andare in urlo liberatorio.

Poco dopo anche il sindaco, a circa trenta metri da lui sulla stessa linea, aveva scoperto il secondo riferimento.

Li avevano evidenziati, piantando nel vertice la porzione di un ramo.

"Che dice fra Bartolomeo?".

"Il punto si trova a cinquanta passi, all'apice di due diagonali che partono dai cumuli".

"Muoviamoci insieme e cerchiamo di incontrarci".

Dopo cinquanta passi, Scichilone e Cavalieri si erano trovati, uno di fronte all'altro, separati da un crepaccio largo un paio di metri.

Un buco che pareva perdersi nelle viscere della terra, tanto era oscuro e sinistro.

"Cribbio!".

"Minchia!".

Espressioni diverse per esprimere il medesimo concetto.

"E adesso?".

"Pensa che lo abbia buttato là sotto?".

"Mmmm, direi di no, almeno spero".

Il sindaco, rotto gli indugi, si era affacciato al bordo del baratro.

"Ma quelli non sono scalini?".

Il commissario notava che, nella roccia, qualcuno aveva scavato una serie di pertugi allineati in verticale, simili ad una scala a pioli.

"Vado".

"Ma che vado e vado, al massimo andiamo".

Dopo aver legato una fune al tronco di una quercia solitaria, che affonda le radici a pochi metri dal crepaccio, i due uomini si erano calati seguendo la linea degli scalini.

Dopo tre metri, quello che sembrava un buco immenso si stringeva ad imbuto riducendo il divario tra le due pareti a non più di trenta centimetri.

Su quella di destra si apriva una fenditura.

"Guardi, una grotta".

"I preti".

La luce della torcia elettrica ne aveva illuminato l'ingresso, evidenziando la volta di arenaria ed un sentiero che proseguiva in leggera salita.

Lo avevano percorso sino a un dosso, superato il quale la caverna si apriva in un vano naturale dal soffitto basso che moriva, dieci metri più avanti, in un angolo acuto.

Nella parte più alta, adagiato alla parete, un trono in bronzo, abbellito da smalti policromi, risaltava per la bellezza della foggia e la ricchezza dei disegni.

Era rappresentata una scena di battaglia in cui un guerriero dai folti capelli e la barba fluente brandiva con la mano destra una spada, mentre nella sinistra stringeva la testa mozzata di un nemico.

Alla base del trono c'era un forziere chiuso da un chiavistello.

"Il tesoro".

"Cribbio!".

"Minchia!".

Espressioni diverse.

L'emozione, mista alle fatiche della giornata, aveva lasciato senza parole i due uomini.

Sul viso di Cavalieri era ricomparso il sorriso furbo da elfo.

"Bravi, molto bravi".

La voce era esplosa tra le pareti strette della grotta, sorprendendoli alle spalle.

Si erano voltati simultaneamente, trovandosi di fronte il contorno, in controluce, di un uomo che impugnava una pistola.

"Non vi muovete e rimanete dove siete. Capisco il vostro stupore e vi chiederete chi sono. Francesco mi conosce bene, ma lei no, commissario".

L'uomo si era spostato dall'ingresso, aggirandoli, per bloccarsi a pochi passi dal trono.

Ora potevano scorgerne il viso.

"Giancarlo!".

"E bravo il nostro sindaco. Sorpreso?".

"Ma chi cazzo è?"

I lineamenti del commissario erano tesi per la rabbia.

Non amava essere minacciato da un uomo che si nascondeva dietro un'arma, mentre lui era completamente inerme.

"È Giancarlo Fogliato, uno di quelli che ha partecipato alla famosa cena. Credevo fosse un amico".

"Vi state chiedendo che cosa ci faccio qui, vero? Voi pensate al tesoro e vi sbagliate, la mia è solo vendetta!".

"Vendetta?".

"Vedi, Francesco, ci sono cose nella vita che possono apparire strane, controverse, mentre per chi le vive sono limpide, chiare.

Ora ti dirò una cosa che il tuo piccolo cervello non riuscirà a capire: io e Rodolfo eravamo amanti!".

"Cribbio!"

"Minchia!"

Lo stupore si sommava alla paura.

Gli occhi di Fogliato erano iniettati di sangue, mentre le lacrime gli scendevano copiose lungo le gote scarne. I tratti del volto apparivano tesi mentre la bocca si muoveva rabbiosa sotto i baffi.

Era una maschera di pazzia incastonata nei fluenti capelli castani raccolti a coda di cavallo che danzavano ad ogni scatto del corpo asciutto.

In quel momento sembrava un demone partorito dalle viscere della terra e non un affermato pranoterapeuta.

"Sì, hai capito bene. Da tempo ci frequentavamo assiduamente e con discrezione. Io ho sempre saputo quale fosse la mia vera natura, mentre Rodolfo ha scoperto l'amore dopo aver conosciuto me. È stato subito bellissimo, totale.

Sapevo, anche se non concordavo, del suo progetto per arrivare al tesoro.

Sin dalla sera che tu, Francesco, hai parlato del diario, in lui è nata l'ossessione di impossessarsi del manoscritto.

Io ho assecondato i suoi desideri per amore.

Così ha assoldato quel tizio per uccidere Fulvio e Tullio, che si è poi rivelato un vile ricattatore.

È stato costretto ad ucciderlo poiché aveva promesso di spifferare tutto alla polizia.

Poi lei, commissario, con la sua insaziabile curiosità, lo ha individuato e braccato come un animale.

Allora Rodolfo qualche giorno fa mi ha lasciato un messaggio nella segreteria telefonica dicendomi che era meglio se non ci vedevamo per qualche tempo, perché aveva paura che anch'io fossi trascinato nello scandalo.

Sapevo che cosa avesse in mente, ma non l'ho fermato.

È colpa vostra se lui si è ucciso.

Tutto ciò non è giusto, proprio adesso che avevamo deciso di uscire allo scoperto, di vivere liberamente la nostra storia.

Non è per il tesoro che voi adesso morirete, ma per vendetta".

Scichilone intuiva che Fogliato, al limite dell'esasperazione, stava per sparare.

Come una molla era balzato in avanti proiettandosi, con la forza di un rullo compressore, sull'uomo.

Era riuscito a bloccargli la mano con cui impugnava la pistola, mentre con la testa lo colpiva al plesso.

I due corpi, avvinghiati in una danza mortale, erano finiti a terra, Fogliato sotto ed il commissario sopra.

"Scappi, sindaco!".

La voce di Scichilone rimbombava tra le basse pareti della grotta e Cavalieri, senza farselo ripetere, era schizzato fuori, raggiungendo il bordo del crepaccio in meno di dieci secondi.

Un lampo.

Lo stesso che poco dopo aveva visto provenire dalla caverna, accompagnato da una detonazione.

Poi silenzio.

Per qualche istante tutto sembrava sospeso, immobile, poi improvvisamente il terreno sotto i suoi piedi si era messo a tremare, accompagnato da un gran boato.

La polvere spessa aveva riempito la bocca del crepaccio, propagandosi nell'aria a forma di fungo atomico.

La detonazione della pistola aveva provocato il crollo della volta della grotta, travolgendo il commissario, Fogliato ed il tesoro.

Il sorriso sul volto del sindaco era sparito mentre osservava attonito.

Avrebbe voluto fare qualcosa, ma il terrore lo inchiodava.

Stava per avvicinarsi al bordo del crepaccio, quando i contorni di una figura si erano materializzati.

Nella mano destra impugnava la pistola, mentre con la sinistra si appoggiava alla roccia.

"Minchia, che polvere!"

29

Il commissario Scichilone pareva vomitato dalle viscere della terra, con il viso stravolto per lo scampato pericolo.

L'attacco aveva sorpreso Fogliato, che era stato catapultato a terra dalla veemenza di un uomo che lottava per sopravvivere.

Arti che diventavano organi di un demone solo, mentre gli aliti si mischiavano.

Il poliziotto era riuscito a bloccare la mano con cui il rivale impugnava la pistola, impedendogli di fare fuoco.

La pressione del pollice di Scichilone sul dorso della mano di Fogliato aveva ribaltato la situazione.

Ora la canna dell'arma si stava lentamente spostando verso il petto dell'aggressore, nei cui occhi leggeva l'orrore di un epilogo non previsto.

Stava per sopraffare la resistenza dell'uomo, quando una ginocchiata ai genitali gli aveva tolto il respiro e fatto mollare la presa.

Istintivamente si era accartocciato su se stesso, in posizione fetale, a difesa dei propri attributi.

Per un attimo la vista si era annebbiata, mentre la bocca si riempiva di saliva acida che si mescolava alla terra.

"E bravo sbirro, adesso prova a reagire. Ce l'hai ancora le palle o ti sono salite nell'intestino?".

La voce di Fogliato aveva per il commissario il suono della disfatta. Nella testa di Scichilone scorrevano veloci le immagini di una vita: lui da bambino che non voleva alzarsi per andare a scuola, i suoi genitori, Maria Assunta, Capurro, il sindaco.

Già, il sindaco. "Ma dove cazzo è finito?".

Non avrebbe mai immaginato di trovarsi in quella situazione, con la faccia nella polvere ed uno stronzo alle spalle che minacciava di fare fuoco da un momento all'altro.

Poco alla volta il dolore si stava attenuando ed il cervello ritornava a comunicare con i sensi.

Doveva elaborare velocemente un piano efficace.

Un poliziotto aveva mille risorse e poi gli eroi buoni, nei film, non morivano mai. Ma non c'era il tempo per elaborare una vera strategia e quindi l'istinto aveva prevalso.

Fingendo di contorcersi ulteriormente era rotolato sul pavimento in modo da avvicinarsi a Fogliato.

Distendendo le gambe ne aveva testato l'elasticità e poi, improvvisamente, aveva calciato con tutta la forza che disponeva.

Il collo del piede era andato a cozzare contro la parte posteriore del ginocchio dell'uomo che, colto alla sprovvista, era stato proiettato supino a terra.

Con il movimento repentino del corpo, il braccio destro, nella cui mano impugnava la pistola, si era spostato dalla linea di tiro sulla quale si trovava il commissario.

La contrazione dei muscoli aveva costretto l'indice che avvolgeva il grilletto a completare la pressione.

Il proiettile era uscito dal vivo di volata con una fiammata calda, dirigendosi contro la volta della grotta.

La detonazione era rimbalzata tra le strette pareti, amplificandosi in cerca dell'uscita.

Scichilone, balzato in piedi, aveva assunto la posizione del lottatore, ma di fronte a lui non c'era nessuno.

Ai suoi piedi il corpo inanimato di Fogliato. Negli occhi sbarrati, che fissavano il soffitto, il velo freddo della morte avrebbe cristallizzato per l'eternità la sua sete di vendetta.

Il commissario gli aveva sfilato dalla mano la pistola.

"Stronzo, chi credevi di minacciare?".

Si era abbassato, tastandogli la giugolare.

"Minchia, è morto".

L'uomo, nella caduta, aveva cozzato con la base della nuca l'apice aguzzo di una roccia che si era insinuata tra le fragili pareti del cranio, uccidendolo.

Un improvviso scricchiolio del soffitto ed alcune piccole pietre che erano rimbalzate sulla sua testa, lo avevano scosso.

L'innato senso di sopravvivenza, spremendo le energie residue, lo spinse a fuggire dal quel luogo che, per un attimo, gli era sembrato la bocca dell'inferno.

30

Il giorno successivo, sindaco e commissario erano ritornati sul monte Caggio in compagnia di braccia robuste, con l'intenzione di recuperare il corpo di Fogliato ma soprattutto il tesoro.

Un piccolo escavatore dalla benna apparentemente fragile aveva spostato i massi che ostruivano l'ingresso alla grotta.

Poi gli operai si erano fatti largo tra la quantità di sedimenti di arenaria che un tempo costituivano il soffitto dell'anfratto.

Dopo tre ore di duro lavoro avevano raggiunto il corpo di Fogliato e il forziere, fatalmente integro, mentre il trono si era deformato sotto la pressione della frana.

Il cadavere fu adagiato in una bara provvisoria che la polizia mortuaria aveva messo a disposizione del commissario.

Quello che doveva rappresentare il tesoro era una specie di grosso baule in argento finemente cesellato.

Le varie figure riproducevano le gesta di carità dei frati francescani tra le vie di un villaggio che poteva rappresentare l'antico abitato di Podii Raynaldi.

Il chiavistello era l'ultimo ostacolo per accedere agli ori che, duecento anni prima, fra Bartolmeo aveva nascosto ai soldati di Napoleone.

"Che faccio, gli sparo?".

Schichilone, estratta la pistola, guardava con aria interrogativa Cavalieri.

"Ma che spara e spara! Aspetti un attimo, magari si apre".

L'azione corrosiva del tempo aveva depositato un corposo strato di ruggine sulle strutture metalliche della chiusura, che contrariamente al resto non era d'argento.

Il sindaco si era abbassato dando un robusto strattone. Il chiavistello aveva ceduto con un lamento che sapeva di antico.

I due uomini si erano guardati con emozione.

"Che fa, non apre?".

"Certo, certo".

Le mani di Cavalieri si erano appoggiate al coperchio che lentamente si sollevava sotto la spinta.

Il viso del commissario aveva affiancato quello del sindaco.

Gli occhi spalancati, le labbra socchiuse, il cuore che palpitava come quello degli adolescenti al primo bacio.

Nessuno dei due trovava il coraggio di parlare, mentre Scichilone stava per scoppiare a piangere.

"Preti!".

Il forziere era vuoto.

31

Liguria occidentale – 22 marzo 1794

"Credo che possa bastare".

Le mani rinsecchite di fra Bartolmeo avevano posato l'ultima pietra completando il muro.

Ora la tomba del re sarebbe diventata anche la sua.

Si era diretto accanto all'altare pagano formato da due grossi massi che ne sorreggevano un terzo, particolarmente levigato e sottile.

Sentiva che l'ora si avvicinava.

Nell'ultimo anno un demone maligno lo stava divorando dentro, distruggendo le interiora ed intossicandogli il sangue che copioso si riversava nel catino di ferro misto alle feci.

Da tempo le proprie carni erano ridotte ad un sottile fascio muscolare che ricopriva a stento le ossa.

L'addome si era gonfiato a dismisura e fra Bartolomeo pensava che prima o poi sarebbe esploso, liberando l'essere immondo che cresceva dentro di lui.

Si era adagiato sul pavimento, in posizione supina, incrociando le braccia al petto, stringendo tra le dita il rosario.

Osservava il soffitto di pietra cercando di immaginare cosa sarebbe accaduto se i soldati di Napoleone l'avessero ritrovato ancora in vita.

Immaginava le torture indicibili alle quali sarebbe stato sottoposto per fargli rivelare il luogo ove si trovava il tesoro.

Pregava affinché ciò non accadesse.

Pensava al momento in cui le sue spoglie mortali sarebbero state trovate, immaginando l'espressione di sorpresa degli armati di fronte alla mappa, ed ancora di più a quella dell'ufficiale che avrebbe aperto il forziere scoprendolo vuoto.

Aveva ideato una falsa pista, mentre il tesoro era al sicuro e nessuno l'avrebbero mai trovato.

Quell'oro non sarebbe servito ad alimentare né guerre, né cupidigia.

Nei mesi precedenti l'arrivo dei francesi, fra Bartolomeo aveva fatto prelevare, appositamente, dai suoi frati tutti gli ori del convento stipandoli in alcune casse, messe poi in una cantina dell'eremo.

Voleva che tutti i suoi confratelli fossero a conoscenza di questa circostanza, giustificandola come un timido tentativo di nascondere i preziosi all'eventuale razzia dei soldati napoleonici.

Poi, discretamente, durante le notti che erano seguite, poco alla volta li aveva nascosti in una cavità interna della cupola del campanile della chiesa.

Nella cantina erano rimaste le casse vuote.

Il suo predecessore, frate Leone, gli aveva rivelato la presenza della nicchia alla quale si accedeva ruotando un finto capitello in legno, opportunamente mascherato da gesso.

Nelle fasi di costruzione della chiesa, nel secolo precedente, venne ideata quale dimora per la reliquia di sant'Antonio, al quale la struttura era stata dedicata.

Il campanile sovrastava l'abitato di Podii Raynaldi e la reliquia dominava le umane ragioni, irraggiando protezione e benessere.

Gli ori del convento sarebbero rimasti per sempre sotto gli occhi degli ignari abitanti del borgo, sfuggendo all'avidità dei soldati.

Solo la volontà divina avrebbe deciso il destino del tesoro.

Fra Bartolomeo ricordava la fatica nel percorrere tutti gli scalini che collegavano la cantina con la cupola del campanile.

Sudava e pregava, cercando di attenuare i morsi del demone che lo stava divorando.

Ogni passo rappresentava il suo calvario, ma sapeva che doveva compiere quella missione da solo e prima dell'arrivo dei soldati.

Non poteva farsi aiutare da nessuno.

Conosceva la fragilità dell'uomo e chiunque, sotto tortura, avrebbe finito con il rivelare il segreto.

Consapevole del rischio di capitolare a sua volta sotto le pressioni violente degli armati, ultimato il trasferimento dei preziosi si era allontanato dal convento.

Conosceva una grotta, sul monte Caggio, in cui popoli antichi avevano celato i simboli del loro passaggio, custodendovi un trono in bronzo e diversi monili.

Pensava che sarebbe stato il luogo ideale per nascondervi un tesoro.

Aveva disegnato la mappa con gli indizi necessari per raggiungerla, ma chiunque l'avesse decifrata si sarebbe trovato tra le mani un forziere vuoto.

Sorrideva mentre una fitta profonda all'altezza dello stomaco gli toglieva il fiato.

Il suo viaggio era finito.

Chiudendo gli occhi gli era parso di sentire una voce che lo chiamava per nome. Forse era solo il lamento del vento tra le fronde.

Poi il dolore era sparito e si era sentito leggero, trasportato da una brezza tiepida verso una fonte di luce accecante.

Il tesoro era salvo.

32

Il Commissario Scichilone osservava dalla finestra del proprio ufficio il lento vagabondare di frammenti di nuvole bianche che lo scirocco spingeva da sud.

Avrebbe voluto strapparne un lembo per annusarne l'essenza, nella speranza che gli portasse il profumo di arancini, di cannoli e di cassata.

Il mistero del diario si era concluso con la beffa di fra Bartolomeo, lasciandosi dietro un tesoro che presto sarebbe diventato leggenda.

Forse non esisteva e cinque uomini erano morti per nulla.

"Scusi dottore, un fattorino ha detto che questi sono per lei".

La voce dell'ispettore Capurro l'aveva costretto a voltarsi.

Il faccione rotondo, sul quale era stampato un sorriso malizioso, spuntava da dietro un voluminoso mazzo di rose.

"Fiori? Mica sono morto!".

Scichilone, con un gesto furtivo della mano destra, aveva sfiorato scaramanticamente la patta dei pantaloni.

Nella busta bianca che le accompagnava, c'era un biglietto.

Poche parole che rievocavano le immagini confuse di un amore nato e morto nel giro di una sera.

"Per me è stato bellissimo. Veronica".

Ringraziamenti

Un grazie particolare a Francesco Guglielmi, sindaco di Perinaldo, amico e storico che ha soddisfatto la mia curiosità; a Luca Tajana, il più grande tra i medici legali, per l'amicizia ed i preziosi consigli; al Comune di Perinaldo per avermi accolto come concittadino; alla città di Ventimiglia per saper ispirare i miei racconti; ai colleghi della Polizia di Stato del commissariato di Ventimiglia per essere gli ignari protagonisti delle mie storie; a mia moglie Irmi ed a mia figlia Amalia per l'amorevole pazienza.

INDICE

Capitolo 1	11
Capitolo 2	13
Capitolo 3	15
Capitolo 4	25
Capitolo 5	35
Capitolo 6	43
Capitolo 7	47
Capitolo 8	57
Capitolo 9	65
Capitolo 10	69
Capitolo 11	73
Capitolo 12	81
Capitolo 13	91
Capitolo 14	95
Capitolo 15	99
Capitolo 16	103
Capitolo 17	107
Capitolo 18	111
Capitolo 19	113
Capitolo 20	117
Capitolo 21	125
Capitolo 22	131
Capitolo 23	137
Capitolo 24	141
Capitolo 25	147
Capitolo 26	149
Capitolo 27	157
Capitolo 28	165
Capitolo 29	175
Capitolo 30	179
Capitolo 31	181
Capitolo 32	185

Finito di stampare nel settembre 2005
DALLA TIPOGRAFIA ME.CA - RECCO - GENOVA
PER CONTO DELLA FRATELLI FRILLI EDITORI srl - GENOVA

Printed in Italy